コールサック詩文庫 vol.14

若松丈太郎

詩選集一三〇篇

コールサック社

コールサック詩文庫14　若松丈太郎詩選集　一三〇篇・目次

第一詩集『夜《よる》の森』（一九六一年刊）より

第二詩集『海のほうへ　海のほうから』（一九八七年刊）より

第四詩集『いくつもの川があって』（二〇〇〇年刊）より

第五詩集『年賀状詩集』（二〇〇一年刊）より

第六詩集『越境する霧』（二〇〇四年刊）より

コールサック詩文庫14　若松丈太郎詩選集　一三〇篇

第一詩集『夜《よる》の森』（一九六一年刊）より

I

恋びとのイマアジュ

1

海はぼくの丘
恋びとは海
恋びとの潮騒を聞くことの好きなぼく
息をはきかけると耳のように戦ぐ柔らかな貝殻は恋びとのもの
遠い国から戦争の風が吹いて恋びとの髪を戦がせる
柔らかな貝殻に巻きつく髪
波のうねりに漂うぼく
汀に生還する愛の波
強烈な陽射し

2

〈素敵でしょう　この帽子〉
恋びとのタウン・バッグは麦藁帽子
恋びとのタウン・バッグは三色旗
フランスが死んでも海は死なない
フランスが死んでも詩は死なない
エリュアールは
机や犬の耳や壁や海や
ぼくの恋びとの唇にも
リベルテ
と書いてくれた
べに色の字でくっきりと
ぼくたちのために

3

恋びとのリベルテは消せない
恋びとは話してくれた

〈死ぬのはいやだ！〉
と言ったひとたちのこと
〈死ぬのはいやだ！〉
と言った翌朝　飛び立たねばならなかったひとたちのこ
と

空を鋭く裂いて
海に抱かれたひとたちのこと
恋びとは話してくれた　眼をうるませ
兄のように遊んでくれた
ひげも生えていない若い兵士たちのこと
リベルテ
と書いてもらえなかった若い兵士たちのことを
恋びとは海から来たので
塩からい水の湧くふたつの泉がある

4

恋びとは海から来たので
潮騒のように尽きない話を知っている
豊かな砂丘にからだをゆだね
恋びとの潮騒を聞くことの好きなぼく
流れる汗や涙は
タウン・バッグの赤い麦藁で作ったハンカチーフで
ぼくがぬぐってあげる
恋びとの瞳の中にぼくの恋びと
リベルテ
はぼくらのもの

鶴

祈れ
胸に手を組め
祈ることばの反芻のなかでガラスは変身するだろう
ガラスの鶴がそこに宿り羽毛をふるわすだろう
開かれた胸の星宿から鶴がとびたとう

〔鶴座　Grus〕

ほぼ赤緯(−)三五度から(−)五五度、赤緯二一時三〇分から二三時三〇分に位置し、一〇月二二日子午線（南）経過。α・β（各二等星）が約四度の間隔で鮮やかな光を放つ。鶴の首はαからδ^1・δ^2を経てγ（三等星）に伸び、α・νとβ・ξが両翼、脚はε・ζまで。つつましやかに飛翔する。

鶴がとぶ
こころの星宿の
南から北へ
白い鶴
一羽
こころの星宿は
夜空に拡溶し
鶴がとぶ
か細い首に
愛することの確かさ
を秘め
白い鶴
一羽

われらエテルニテを祈るものにとり　あらゆる
地上の街は異郷であることを、凍結された壁の間でこそ
　祈らねばならぬことを
愛に戦慄せよ
あらゆるものがわれらと異質のものならば

鶴がとぶ
白い鶴
一羽
無限空間を
鶴の下に月
寄り添い
鶴をさらに白く
月下に山なみ
静まり
さらに黒く澱み

鶴がとぶ
こころの星宿より
放たれ
矢羽根をふるわし
白い鶴
一羽

われらエテルニテの祈りを捧げたとき恍惚に拡散したおまえの瞳孔の向けられたところ南の空低く鶴座の星々がオルゴオルを打ち鳴らしていたことを、ひそかに咲いた蘭の花弁に鶴座の星々が光のしずくを濡らしていたことを

鶴がとぶ
今宵
こころの構図の
南から北へ
無限空間を
白い鶴
一羽

風よ　静まれ
雨よ　降るな

星々が近づく
鶴がくる
やすらぎを与えることのできる
この腕に
舞いおりる

おまえの小さな乳房に宿る鶴座の主星αとβとに唇を触れおまえの光のすべてを輝かすことができるのはわたしだけであることを、そのとき南の空低い星宿の鶴もやすらぎの姿態を示すことを

おまえは白い肌を戦かせ
祈ることばの反芻のなかで唄う
　わたしは鶴となってここに到り

不死鳥となってここをとびたつ

胸に手を組め
エテルニテを祈れ

鶴がとぶ

Ⅱ

反逆の眼球

上り急行列車の轟音が夜気を攪乱したあとのネガティヴィズムだ
おれの前額部から後頭部へふざけたようにでかい穴を開けるのは
穴の中にはおれが見たがっていておれが見てはならないものがある
両眼を抉って穴の両端をふさごうとするのだが血走った眼球はおれの意志に反逆し穴の中に瞳をこらす
おれの最後の手段は煙草を何本も穴に押し込み眼球を気絶させついでにおれも気絶することだ

どこかで

傷ついた砂粒が
掌から　　　こぼれ落ち
薄い胸板を貫く

塩辛い雨の下

もうひとつのおれ

おまえのあばらをさすると　なんとさびしいおとが　でることだろう
おまえのまぶたをあけると　なんとさびしいいろが　み

えることだろう
われかがみに　いくつものかおを　うつす

崩　壊

雨の季節のなかで、ぼくはぼくの汗疱で死んだ白い蹠の皮膚を剥がねばならぬ。なにものかに操られ、指は無意識のうちに蹠を這う。意識が甦ったとき、その行為はぼくを支配する。ぼくはぼくの皮膚を剥ぐことに没頭し恍惚する。まむし屋がまむしの皮を、板前がイカの皮を剝ぐ手ぎわには及ばず、白い皮膚の周囲が残る。潰滅のための戦線が拡大するように、ぼくは親指と食指の二つの爪の間にぼくのではない小さな死んだ細胞をはさみ、取り除こうとする。細心の注意にかかわらず再び拡大する戦線。どこまでがぼくなのか。ぼくはぼくの内部のぼくを知るべく二つの爪を操作する。剝ぎとった皮膚の下に白色円斑。不安の恍惚に耐えきれず、かねて外科病院のザールから盗みだしておいたメスを取りだし、蹠、こむら、太腿、腹と走らせ、セクシャルな絶頂感を知覚しながら、ゆっくりと剝ぎとる。露出した神経。それを一本一本けばたてる。接触するものすべてに感動するぼく、蹠は大地を、胸は愛を。

このとき、あらゆるものは、始点と終点のいずれにあったか？　絶頂感に続くあの倦怠のなかで、感動は萎縮し、大地が、愛が、革命がぼくから遠ざかる。無用になった樹根の神経を放棄すれば、脱落する内臓、崩壊する骨格。内臓を吐瀉し、骨格を下痢する。汗疱の白い皮膚だけのぼく。

ぼくはぼくの内部にはなく、ぼく以外のぼくだけの存在となり、街にさまよい出る。だがぼくの内部に見失ったものを雑踏に見出せようか。いくたりもの死んだ皮膚の袋が近づいては、そ知らぬ顔ですれちがう。

雨。

貝の対話

——私たち　何もかも忘れ　知りたくないので貝になったのでしたわね

——ああ　そうだよ

——でも　こうして岩にへばりついていることは私たちにとって　私の意識の底にはこのまま二人がじっとしていることは　私たちだけでなく貝になれなかったひとたちにも　私には罪が

——おまえ　何を言いだすのだ　ぼくらは　地上の絶望から逃れようと貝になったのじゃなかったか

——この深い海底にも太陽の光が忍びこんでいるわ　私なにもできないことで絶望なの　わずかかひとかけらの絶望でもほかになにもないとしたら　この絶望は無限なのよ

——この夜の眠りが終ったとき希望がないとは言えないんだ

——この夜はいつ終るの　いつまで待てばよいの

——地上の空気のまずさに海底を求めたぼくたちじゃないか　沈黙を抱擁しようと誓ったぼくたちじゃないか

——私　できないの　すべてを忘れるなんて　ああ　それでは私　私たち　きっとあなたもそうなんだわ　もっと大きな絶望の中で生きるべきなんだわ

——

——あなた　行きましょう　貝になれなかった仲間たちのところへ　もう私　岩にへばりついていることはできないの　仲間と一緒の苦しみの中に　明日は今日よりも希望があるんだわ　ねえ　行きましょう

Ⅲ

鉄山《てつざん》幻想

ガスが忙しく流れ
切れ間なく
岩場は

古戦場の廃墟に紛う
幼い日に読んだ〈物語〉の
凄惨な挿絵が甦り
たちまち　深いガスの奥に
退いてしまった
蒼白なきみの顔
不吉な声の鳥が山巓に
いるだけの巨大なマッス
の中で　何を　そのとき
きみは想っていたのだ

＊鉄山―安達太良連峯の一、標高一七一〇メートル。

白い死

―矢本氏へのレクイエム―

深い霧が　その夜は　ぼくたちをひとりひとりの世界に
　閉じ込めていました
未来・希望・それらは抽象的で捉えどころのないもので
　した
枯野に立ち風に向かい胸をそらしたところで飛んでくる
　ものではありませんでした
〈可能なかぎり自我を貫くことだね〉
あなたがこう言ったところでお互いの慰めにもならぬこ
　とはあなた自身が知っていたはずです
別の太陽が昇らぬうちでした　冬の季節に魂を送りだし
　たあなたの清らかな眼に静かにまぶたがおりたのは
流弾に斃れたようにようにあえなく
あなたの死は白ですね
白い死

冷たい気流が澱み
深い霧が　その夜は　ぼくたちをひとりひとりの世界に
　閉じ込めていました
冬の季節の夜はさらに深い夜へとふけてゆくのでした

Ⅳ

馬

―*Max Ernst*「ポーランドの騎士」によせて―

大地を覆う死んだ騎士たち
若い騎士たちを乗せるため飛び立つ死んだ馬たち
肩にはポーランドとロプロプの守護鳥
水晶の馬の透明な血管に湧き立つ歴史の気泡
争う鳥たち
水晶の馬よ
おまえの仔馬を走らせるな

手を放すな・回転鐙から

―*Ben Shahn*「解放」によせて―

傾斜した家は墓標
喪失した屋根は愛
血に飢えた戦争の去った砕屑の都市
焼け残りの回転鐙の上に晴れゆく空
空が晴れるように子どもたちの顔に生気が甦えることだろう　だがあらゆる死とあらゆる喪失した愛とを見た
子どもたちの眼に光が甦えることはないだろう

大地を力の限り蹴って
廻れ
廻れ
そこでは会えよう
背中を縫われて死んだおとうさんにも
辱めを受けて死んだおかあさんにも
廻せ
廻せ
友だちと一緒に
自分たちの地球を

音

1

地中海の奥
風紋の続く距離

あの黒いシルエットは
穴のあけられた頭骸骨たち。
砂は穴から入り込む
やさしくやさしく
うつろになった思想を埋める。

おまえ　聞こえないかい

種子のはじける音
芽の出る音
水のない距離の黒い塊の中
奇蹟でない小さな事実

Kよ　よく聞きたまえ
心こめて
初毛のそよぐようなその音

2

黒い太鼓
ブタペストの街から
黒布で覆った太鼓の音
絶望と虚無とを織り込んで
地球の襞の中の
おまえとおいらの胸に

けれど
Kよ　そら静かにして
聞こえるだろう

死の行列の先導の太鼓の音に

それとは別の音
かすかに確かな音
脱皮後の硬化した
羽根をためす昆虫の
誇らしげに
おまえ　じっとして
一生忘れないように
心こめて　その音を。

内灘砂丘

影の
色彩の
ない薄明の
砂丘と
海と

飛行する

無関心
と
倦怠
の接線の分布範囲
そしてまた
非情
を内蔵する
忘却のカーヴ
その美学

墓場のもつ
厳しいなつかしさ
故郷のもつ
淋しいもの珍しさ
を感じる
全身に

母の乳房のような砂丘
だから

古い傷跡を　ためらい
見せる
朽ち壊れた弾薬箱
錆びたコカコラの空罐
空しく散らばった弾砕片
それら
を

宿酔の
距離
と
時間
薄明の世界に　おれは
還って来た
予感
を抱いて

還って来る
夜明け

シベリヤ
北部朝鮮
を隔つ水平線
から
海の領域へ
黝く漂っていた
気流
のルビイ色の
結晶
その予感の実現
内灘は
砂丘は
おれにとって何であろうか
おれたちにとって何であろうか

砂
砂丘
砂漠日本の日本砂丘
その砂たち

砂たちは砂
ではない
おれたちはおれ
でしかないのに

恋びとのほがみのような砂丘
だから
緑の草を　誇り
見せる
汐風とで植えつけ書きしるした
自分たちの記号
自分たちのことばを
〈手でふれてごらんよ　息づいているわ　あなたも　ね〉

海と遊ぶ
同胞
の笑い声が
遠い国のもの
であるかのよう

汐風に
切り裂かれ

モズの速贄《はやにえ》
そのまま
歴史の
色あせた一頁
が砂防林の枯れ枝に
串刺され
はためく

V

記　憶

学校から帰る僕のポケットには、石ころやビー玉といっしょに、三つぶの種が入ってゐた。

一九四一年秋・六歳

まよなかに　ぼくは　めがさめた。ちきうが　こわれるのか　とおもった。いくつも　いくつも　ながく　ならんで　せんしゃが　はしってゐる。ほそうどうろは　きずをつけられて　いたくないだらうか。せんしゃは　きもちのわるいもやうの　むし　みたい。みなみからきたへ　はっていった。

あの夜の戦車のめいさいににてゐる種を、お母さんに見せた。

一九四四年夏・九歳

あぶらあせ。ぼくの細いうで、つかれて　まがりさう。ほらなくちゃ。ぼくの細いほね、とびだしさう。でも、ほらなくちゃならない。松の根はふとくて大きい。あぶらあせ。あぶらあせが流れる。

ぼくはふわりと空に飛んだ。ぼくは米国ばくげきに出発した。ぼくはあなの中で気を失った。

一九四五年春・一〇歳

お母さんは〈金魚を川にはなして、池をうめませう。〉と言った。

ちびた赤のクレヨンで、僕は、金魚をていねいに書いた。

同じ年・夏

ラジオが何か言った。〈日本が負けた。〉とお母さんが教えてくれた。ねぎぼうずに似たヒマの花が咲いてゐた。

僕は、金魚とお父さんのことを思った。

同じ年・秋

墨で真黒になった教科書のそばにヒマの実を一列に並べた。

僕は、両手で、おもひきり、ヒマの行列を、ふっとばした。

一九五四年秋・一九歳

暗い記憶を塗りこめていたペーヴメントが、重量ある音の経続に破壊された。
いわゆる特車。カバーを掛けた大砲。幌付きのトラック。
それら、
厚かましくも
真昼。
あの夜、俺の痩せこけた身体は恐ろしさに震えていた。
この日、俺の痩せこけた身体は憤りに震えている。
虫の体液のように続く
キャタピラの傷あとと
滴り落ちた油と。
誰のために俺たちの心は
墨で塗りこめられつつあらねばならないのだ。

夜の森　一

森はおまえの恥毛
地平低く愛に澱む
その枝を重ね合う木々

夜の森
けものたちは潜み
けものたちは木の間の星を眺め
けものたちは匂いをかぎ合う
雨が近いのだろうか
絶え間ない星の明滅
突風
枝々がたわみ
木々がたわみ
森がたわみ
夜がたわみ
愛する女よ
ぼくらも　けものたちに倣い
森の洞に夜をすごし　星にぼくらを写し
ふたりのからだの匂いをかぎ合おう
いつでもぼくらの望むものはもうひとつの別のものだった
いつでもぼくらはもうひとつの別のものに裏切られた
ぼくらは神話を恐れ果なくもうひとつの別のものを望ん

だ
もうひとつの別のものとはぼくらにとって何なのか
おまえの匂いを焚き
ぼくの匂いを焚き
ぼくらの匂いは森にひろがり
ぼくらは星をひろう

網膜を横切った白い速度は何なのか
ぼくの魂か肉体か
おまえのそれか
死者のそれか
あれがぼくらの望んだもうひとつの別のものだろうか
森がたわみ
夜がたわみ
愛がたわみ
愛する女よ
せめて　ぼくらも　けものたちに倣い
ぼくらの匂いを焚こう

突風
地平に低い夜の森に
雨期が来る

夜の森　二

落日で乾いた血の塊になった森
地鳴りとなって低く這う太鼓のリズム
それらは　今宵の神の予言だ
森が撓む
祭祀がある
今宵はあらゆる望みのかなう夜だ

われらの森にカヌーで来た戦い好きの異邦人よ
おまえは何になりたい？
鳥になりたい？
鷲の軟毛を頭に張りつけてやろう
縞馬になりたい？

トルコ玉の耳飾を下げてやろう
魚になりたい？
網目のマントを着せてやろう
羚羊になりたい？
黄金の鈴を足首に結びつけてやろう
犀になりたい？
肩から腋にかけて赤や黄の花環をかけてやろう
狼になりたい？
黄金の飾りを鼻孔に通してやろう
豹になりたい？
手首にはトルコ玉の飾環　腕には黄金の腕環をはめてやろう
王様になりたい？
よかろう　刀のついた帯を腰に巻きつけてやろう
神様になりたい？
それなら　額に花冠をかぶせてやれ　貝の首環もしてやれ
もはやおまえは唯一者だ
その振舞いは獅子の威厳がある
その笛の音は鹿の典雅がある
われらの前におまえは絶対の意志を持って君臨する

われらはわれらの神を拝伏しよう
黒い地の水に火を放とう
饗宴と舞踊だ
火の酒を飲もう
暗い夜の森に噛みつくように唱おう
われらの心に祈るように笛吹こう
愛するときのように腰をゆすろう
あらゆる楽器を響かせよう
夜の森がわれらの生命で充満する
夜明けが近づいた
戦い好きな異邦人よ
望みどおり神になることのできた異邦人よ
おまえにわれら最後の贈物をしよう
われらが心こめて彫りあげたマスク
永遠の生命を得るおまえ
われらの神

太陽さえもおまえの前では無力となるだろう
無力となる？
ああ　おまえはおまえの顔につけられたマスクを見ることはできない
木の間に漂いはじめた太陽の光で
おまえの威めしいマスクが変相しはじめることを

われらの最後の贈物こそ
生と死のダブルマスク
死が生の裏側から染み出てくる
おまえは　われらの神廟へと階段をのぼらねばならない
おまえは　頂上で石畳の上に仰向けに寝かされるだろう
おまえは　太陽の威光をまともに受けるだろう
われらは　おまえの頭を切り放す
われらは　おまえの首からほとばしり出るどす黒く濁った血を器にうける
われらは　おまえの血を大地に撒《ふ》りかける
われらは　おまえの死のマスクをつけた頭を杙《くい》に串刺しにする

われらは　おまえの胸を開く
われらは　おまえの胸から血みどろの心臓をむしり取る
われらは　おまえの心臓を太陽へ捧げる
われらは　おまえの首のない皮を入念に剝ぎとる
われらは　おまえの袋になった皮の中へ司祭を入れる
われらは　おまえの衣裳を司祭に着せる
群衆の中へ

太鼓
舞踊
われらの真の祭祀がはじまる
森が炎になって撓む

夜の森　四

一九五七年　アメリカの原爆実験シリーズ第一六回実験のとき同時に「神経テスト」が行われた。

時間の経過をアナウンスする監視所

は　非情の黒さで立つ

一九五七年九月二日　ネバダ

わたしの名は　ジョー
であっても　トミー
であっても　かまわない
栄誉ある第八二空挺師団
に　われわれが属し
ストーベル大尉の指揮下にあること　われわれには
それのほかはない
神の思召しであろう

周辺の森
は　黒く潜み
けものたちのいきづき
に　低くゆれる
午前五時
は　とうに過ぎた

けれど
けれど
朝に近づくことは
朝から遠ざかることだ
神に近づくことは
神から遠ざかることではなかろうか

白いけものが飛んだ
あれはなに
どこから　どこへ
同様に　神の思召し
なのか

〈暗いなあ　ずいぶん〉

爆発点
からの　四四〇〇メートル
は安らぎの　あるいは　慰めの

距離
で　はたして　ありうるか
遠い山々へ
白いけものを飛ばせたものは
本能
ああ　われわれは　本能も捨てよう

この夜明け
森は夜
に　退く

〈暗いねえ　きみの瞳のように〉

いっさいが　われわれの前に
存在しないのではなかろうか
塹壕も
コンクリート壁も
鋼鉄製掩蓋も
そして
神も
われわれの周辺には
存在しないのだ

鳥たちも飛ばない
雲がひき裂かれ
星のまばたきは　わたしの思惟のように　低く　さ迷い　ぼろぼろだ
けものたちも歩かない

〈暗くはないよ
明るいじゃないか
明るいと言うんだよ
こんなときには〉

絞首台に立つ者は　その階段を　数えながらのぼること
だろう
一三……一二……一一………
〈一〇秒前……　〉

舌で唇を湿めす
喉を鳴らす
だれかが　つぶやく
〈死刑宣告〉
わななき声で
あるいは　わなないているのは　わたし
の耳なのか
それとも　世界の唇や耳なのか
夜の森
に　確かなものはない
時間経過のアナウンスは　われわれの
判事
教誨師
死刑執行人
時すらも確かでない
生も死も

死刑　違う
自殺　違う

決闘
背を向け合い　歩む
生と死
の間を　低くさまよう　わたしの
思惟
そして
そして
わたしの決闘の相手は……

八……　七……

遠いコヨーテの声も　空にすわれ　いまは聞こえない

からだをまるめ
頭を膝につける
無力なダンゴムシの防御
手に力が入り　握った砂が　こぼれ落ちる

わたしの名は　ジョー

であっても　トミー
であっても　かまわない
一匹の虫けら
に過ぎないのならば

ない
われわれの周辺には
ない
いっさいがわれわれの前に
ない

無
父はよく言った
〈無は有を生ず〉と
どこで
こころでか
わたしの
わたしのこころ
に生じ　おののいているもの
は　なに
恐怖か
懇願か
反逆か

……　二……　一
わたしは
○

第二詩集『海のほうへ　海のほうから』（一九八七年刊）より

I

海辺からのたより　一

木の実だったか貝だったかを
鳥がローカル空港の滑走路に落し
殻を割っては食べている
そんな記事を
だいぶまえに読んだことがある
実はぼくらの町にも変な海鳥がいる
ＮＨＫで取材していったから
そのうちテレビで放映されると思う

で　その海鳥というのが
上空から人間めがけて小豆ほどの小石を落し
人間の不審そうな様子を
おもしろがって高見の見物としゃれこむ
なんとも不遜な鳥たちの集団なのだ

一羽か二羽がはじめたことらしく
小石が当った当人も海鳥の悪戯とは気付かず
空から固いものが降ってくるなんて
などと天変のたぐいかと思っているうち
しだいに鳥たちのあいだに流行
しかも彼らの技術が向上したものだから
まちの話題の中心にまでなったというわけ

鳥が飛んでるな
と思っても空を見上げるのは危険
というのも
よほど小さくとも落ちてくるものが石なので
眼になど当ったら大変だ
帽子をかぶる人がふえ
傘をさして歩く人さえいる
市教委は小学生にヘルメット着用を義務づけた

海鳥を退治すればいいのだが
そうもいかない事情がある
どういうわけか小石が当った人は自分をハッピーな人間
　だと思い込んでしまうからで
まだ当ったことのない人たちも
早く小石が当らないかな
と待っている

でも　ちょっと恐ろしいことが起きだした
集団化した鳥たちは空を暗くして群れ
ついきのうは海辺に建つ大工場を狙った
分厚いコンクリートの外壁は小石を受けた車のフロント
　ガラスのようにあるいは相馬焼の青ひびのように割れ
　た
そのひび割れに陽があたり
沖から帰ってきた漁師の話では
ガラスでできた建物のように美しく海に浮かび終末の日
　の廃墟はきっとこんなだろう

などときざなこと
だけどわかる気がするな
そうじゃないですか

海辺からのたより　二

二十年もすねでやって来るつう超高齢化社会なんて
おらだの村でハびゃっこも心配ねのだっちゃ
エヘン　わが古里古里《こりこり》村でハ早々とプロジェクトツーム
　ばこしぇで
対応策ば着々と講ずてるのしゃ
むすろユートピアば実現すんのでがすちゃ
その一端ばご紹介申すあげすぺ
まんず　村長古里古里源八《げんぱっ》つぁんの基本的な政治理念つ
　うのは
ずんつぁばんつぁば大切にすっぺつうごとでがす
（どごがで聞《き》だごとあるな）
やずんなってば……

ほだはんて　としょりだのんびり暮らすて
すかも　社会さ貢献すてるつう誇りば持って生きるにゃ
なじょすたらよがんべつうときに
いやぁ　わが源八つぁんはアイデアマンでがすもね

よす　温泉つきのホームばこしぇんべぇ
兎小屋みでなもんでなぐ
帝国ホテル並みのホームば十棟でも二十棟でも海っぱた
　さおっ建てんべぇ
村長さんよぉ　なに寝ぼけてんのっしゃ
お天道さん頭のてっぺんさ回ってすつぉ
おらだの村の財政ば赤字でがすと
でぇいち村さ湯っこなんてびゃっこも湧がねのわがって
　すぺに
ところがほでねのだじゃ
案ずるより先さ湯っこ湧ぐつうこどわざあんでがっつぉ
　知らねがすたべ
東京どが仙台どがさふだに湯っこ湧がすてたんだ投げで
　る会社ばあんのっしゃ

その会社の工場ば誘致すていらね湯っこば分けてもらう
　つうのはなじょなもんだべね
工場ば誘致せば仕事ぁふえるす村さ活気も出るはんたす
何よりもかぬよりも税金ばがっぽり入って来るもんね
そんで温泉つきホームばこしぇんべぇ
どんた　一石三鳥だか四鳥だべや

こんたにすて　まんつ　とりあえず六棟のホームばおっ
　建てたのっしゃ
いやぁ最高だっちゃ　としょりだ喜んだのなんのって
万人風呂さいつでも湯っこたっぷり溢れてるす
マッサーズ機ばずらぁっと並んでるす
碁将棋ばもつろん　唄っこ唄でぐなればカラオケ
外さ出はれば植木いずりでもゲートボールでもできっす
なんもすたぐねどきゃ寝転がってればええ
みんなすて天国だぁ天国だぁてんのっしゃ
あの世さえぐめぇに天国の暮らすばすて
あの世さえってがらあの世のこの世よりもこの世のあの
　世のほがえがったなんて思うんでねべがなんて

としょりだみんなすて思ってるよでがす
若ぇしだも喜んでんのっしゃ
としょりど揉めごとすっこともなぐなって
村さ嫁こどんどん来るよになりすたもんね
べちょこたんとあれば世の中めでたしでがす
過疎化現象なんてぴたっと止まりすたのっしゃ
このとこ古里古里音頭ばはやってすちゃ
寄りえぇつうどみんなすて唄って踊って
ちょっくら　ご披露すてみすか
はあぁ　昔ぁ　狐狸《こり》ぁだ　ふだに居たはんて
古里古里村よ　チョイトネ　ああこりゃこりゃ
二番
はああ　今でぁ　源八つぁん……
え　なんでがすと　社会さ貢献すてるつう誇りばとしょりだささ持だせるになじょすてんのが　でがすと
ほだほだ　いやあ　かんずんかなめなごどばしゃべんの忘せだったや
エヘン　それはでがすね
ホームのとしょりださひとつでがすけんとも
仕事ばやってもらってんのっしゃ
なあに　やさすい仕事でがす
ホームのブザーば鳴ったどぎに
湯っこ湧がすてる工場さでばって
首さアラームメータつうもんばぶら下げて
つりとりとモップすて掃除せばそれでええのっしゃ
ほんでまたなっす

海辺からのたより　三

なに？
〈紐育《ニューヨーク》では　霧を　シャベルで　運んでいる！[*1]〉だって？
ずいぶん昔の話じゃないの
僕らの町じゃ
霧を
タンカーで中東から
運んで来てはぶちまけているよ　そこらじゅう

高さ二百メートルもある町のシンボルタワーさえ霧の中
年がら年中　霧の中
嘘だと思う?
なら　山越えて見においでよ
隣村との境は海抜五百メートルの峠
海からの風が霧を運んで上昇して来る
〈ホウ　髪毛　風吹けば〉[*2]などと言ってみたところで
やっぱり光る海は見えないのだじゃい
峠から東は一切合財五里霧中
ほら　霧の中から歌が聞こえる
市長自ら作詞した市歌を放送する市庁舎の大スピーカー
歌手はもちろん市長好みの山口百恵
モオ　コレッ霧　コレッ霧　コレッ霧ィデスカァー
牛と鳥が鳴かぬ日があっても百恵が歌わない日のないぼ
　くらの町
騒音公害できりきり舞い
そもそもは市長の先進地視察旅行
霧があると冬暖かく夏涼しく自然のエアコン　しかも
　香料入りの霧は市民をハッピーにします
いいようにたぶらかされ
あんぐり開けた市長の口中
スプレーでひと吹きシュー
たちどころに口走って
ハッピー　さき出世!　決めたぞ!
市議会は市長の支援機関
こうして　ぼくらの町じゃ　霧を　タンカーで中東から
　運んで来ては　ぶちまけている
嘘だと思う?
なら　山越えて見においでよ
霧降　霧積　霧多布
霧島　霧立　霧ケ岳
霧が峰やらキリマンジャロにならい
霧原市がいい
いや原霧市だと
市名改称をとりざたするわるのりぶり
ばかさかげんもきわまって
まったくやりきれないよ

＊1　関根　弘「なんでも一番」
＊2　宮沢賢治「高原」

海辺からのたより　四

ぼくらの町のゴルフ場付近で最近三人も続いて行方不明
　者が出てね
帰宅途中の人とか釣りに出かけた人とか
こんなわけでホームズやブラウンやメグレ
それに明智小五郎や金田一耕助など町中にあふれていて
　ね
いろんな推理がとびまわっている
ここでゴルフ場のことを説明しておくと
いまは閉鎖されたので元ゴルフ場と言うべきだね
その元ゴルフ場は実はＮＨＫが払下げたひょっこりひょ
　うたん島なんだよ
海岸に繋留してゴルフ場に改造したのさ
眺望絶佳　冬も積雪なし　営業成績は良かったよ
なぜ閉鎖したのかって
中古ながらまだ航行できるひょうたん島に目をつけた会
　社があってね
ダミーを使って買収費三十九億六千万円とか
月のない夜ひょうたん島にドラム缶が大量に陸揚げされ
　るのを見た人がいる
夜明けまえの暗い海からひょうたん島が戻ってくるのを
　見た人がいる
濃い海霧の夜ひょうたん島が沖へ出て行くのを見た人が
　いる
波をちゃぷちゃぷかきわけてひょうたん島はどこへ行く
さて行方不明者に関する有力な推理はこうだ
ひょうたんのくびれに道路があって便利なものだから
バリケードを乗り越えてまれに通る人がいる
行方不明の三人がたまたま通りすがったときひょうたん
　島は離岸したのだろうね
秘密を知ったものは生かしておけぬ
これ権力維持の論理
哀れ簀巻きにされ日本海溝の底深く沈んでいるのではな

いか
哀れ棺桶がわりのドラム缶はマリアナ諸島の沖合いを漂
　流しているのではないか
かくて近所の木野くん率いる少年探偵団はひょうたん島
　に潜入し
秘密をあばいてやるといきまいているけど
海の藻屑にならなきゃいいがね
波をちゃぷちゃぷかきわけてひょうたん島はどこへ行く

海辺からのたより　五

少年探偵団の清野くんが駆け込んで来た
ヒヒヒヒひょっこりひょうたん島のヒヒヒヒ秘密を発見
　したぞ
ヒヒヒヒでは無気味な笑いかたはたまた興奮し口ごもっ
　ているのかわからない
がらっ八の八五郎なら
オオオオ親分テテテテてえへんだあ

の　ヒヒヒヒなのである
ヒヒヒヒひょうたん島がココココ転がってるとでも言い
　たいのか
そおーなんです古山さん　だけど真似しないでください
新装備を取付けたらしく島が転がるんです
水に浮いたひょうたんがころころ回るように
まさかまさか金棒刺しした丸焼きの豚のように
表面積六十六万一千三百六平方メートルの島が
どおーして転がるのでしょう
お尻だって洗ってほしい
むむ　ひょうたん島はお尻を洗うために転がるのか
ややこしくしないでください
とにかくみんなで行ってみましょうよ
かくて島の秘密を確認すべく木野くん率いる少年探偵団
　は清野くんの案内で夜陰に乗じひょっこりひょうたん
　島に近づいたのであった
二億円の田んぼや畑や山林がころりゴルフ場
ゴルフ場がころり二十三億五千三百万円の貯炭場
ひょうたん島がころり貯炭場

その証拠に転がります
きょうはころりと転がりませんねえ
さては見張りに気付かれたかな
謎が謎よぶころころ事件
ころころころころ転がるたびにひょうたん島は大きくなって
秘密をいっぱい積み込んで
月夜の晩ばかりじゃねえぞ　まっ暗な夜だってあるんだ
そのまっ暗な夜のこと
木野くんも清野くんも小武海くんも夢を見た
ドラム缶が島いっぱい
ごろんごろん転がるドラム缶
鮮やかな☢マークのドラム缶
波をちゃぷちゃぷかきわけてひょうたん島はどこへ行く
月も眠った夜のこと
南の海の魚たち
ごろんごろんで目を覚ます

海辺からのたより　六

能登さんと奥さんのハナさん
長年連れ添ってきた典型的ツーカー夫婦
風邪もいっしょ
このまえ国鉄売り出しのフルムーン乗車券で
ルーツ捜しを兼ね能登半島方面へ
日本海の風光を愛でる豪勢な旅
相馬藩天明大飢饉のあと集団移民を送り出したこのあたり
ルーツはともかく心のふるさとに安らぎ
でもね
たとえば四日市
たとえば京葉　袖ケ浦から姉ケ崎のあたり
もうしょうがねえなあというあきらめケ崎だけどね
それがね
能登金剛の一劃
人間だったら喉笛のあたり
喉の鎖　命を繋ぎ止める急所

自然がやさしさと荒々しさとをひとつのものとして
見せてくれるその一劃
松林がとつぜん断ち截られ工場群があったりすると
人間なんてなんてばかな生きものなんだろうと
思うねと
これがみやげ話
そう言っていた能登さんと奥さんのハナさん
若盛先生のところへただいま入院中
例によって病気もいっしょ
いい歳して若いもんにしめしがつかないよね
ノーノー
いい歳だから気管支喘息の発作が出現する
空気中の硫黄酸化物濃度の高い日
浮遊粒子状物質濃度の高い日
これが若盛先生の診断
弱い人たちから発症する
空から灰が降る町なんて
みんなで逃げ出すしかないね
どこからかやって来たご先祖たちが営々とつくった
まずは住みよかった町
けどね
こうなりゃおしまい
ぼくは逃げるよ
能登さんも逃げようよ
若松さんも逃げようよ
これは若盛先生の提言
先生　見捨てないでくださいよ
患者のおいてけぼりなんて
逃げようにもないんです
逃げるどころか
逃げるところが
能登もだめなんです

海辺からのたより　七

きょうは平山くんの話をしよう
かれは近くの山に松茸のシロをもっていた

他人の山だけどいいシロだったらしい
だったらしいというのは
立木が伐採し尽くされてしまったからさ
海に面した百平方メートルの松林は見事に消滅
海抜五十メートル程度の山でも視界がひらけそれなりに
　眺望佳良
ここに新名所を設けようとのもくろみ
大正十年建造の名物タワーは老朽はなはだしく
齢六十にして定年退職を命ぜらる
功労金を加算し退職手当五億円とか
代役をつとめる新名所がほしい市当局は市民から広くア
　イデアを募った
ところがなんと
締切ってみると応募はただの一件
しかもだれあろう平山くんのふざけた案だけ
土地の人たちがふぐり山と呼ぶ山の頂上に赤白だんだら
　縞に染めた高さ二百メートルの松茸型タワーを建てる
　という案
傘が開いてない松茸を少し反らせて黒塗りにするという
　のが最初の考えだった
けどそれじゃあんまりリアリティがありすぎるから妥協
　したんだ
などと平山くんはうそぶいている始末
なぜ松茸型タワーなのか
かれは松茸のシロを利用した人工栽培にほぼ成功
ぼくらに皮算用をよく聞かせていたものだ
他人の山とはいえ金の成る山をだいなしにされたその怨
　念の勃起
ぼくらに言わせりゃ他人のふんどしで相撲だからいい気
　なものさ
困ったのは市当局
あわてて市役所職員にアイデアを出させ名前は知人のを
　借り応募案の水増し
そのなかから当選作を決めようとした
なに猿山をつくるとかなんとかちんぷな考えばかり
これが『毎晩新聞』の柴田記者にスッパ抜かれるどじぶ
　り
課長がわけのわからぬ弁明をする

〝平山さん支援市民連合〟が市役所におしかける
もうてんやわんやのこのごろだよ
ではまた

海辺からのたより　八

『文芸シーズン』六月号のグラビアを見た？
そう　かの『文芸シーズン』だよ
なつかしき清水先生の涙なくして読むあたわざる例の論
　文を載せたことのある雑誌
まだだったら見ておくといい
たいがいの図書館にはあるさ
人工衛星がとらえた仙台湾から塩屋埼にかけての海の写
　真だ
ぼくらの町の沖いっぱいに鳥の翼のかたちでひろがるも
　の
羽撃いている鳥の翼ではなく
渚に落ちた鳥の翼のかたちで
あの終末の色
ひろがる　RED TIDE
ぼくらの肉眼ではじかに見ることができない
巨大な死の翼
ぼくらはたいがいよく見ることができない
気付かないでいる
アイトリックの世界のなかで
まぢかに在る実体はものかげに潜み
ブラウン管がつくるゆがんだコピー
テレックスが送る倒立した影像
世界を無機質に還元するプリント
ぼくらが実体であるかのように見ているもの
錯誤する遠近法
錯乱するぼくの肉眼
錯綜するぼくの思惟
錯視するぼくの詩句
む　きょうのぼくはどうかしているぞ
ああ　あの巨大な死の翼よ
海面に磔され終末の色に染めあげられ無言の告知をする

あれもまた幻影か
黙示録の騎士たちは馬の蹄を轟かせぼくらの世紀の
また違っちゃった
ああ　きょうのぼくはいつものぼくではない
まるで詩神が乗り移ったようだ
なんだっけ？
そうだっけ！
ぼくらの町で新しい川をつくる計画がすすんでいること
　だった
ぼくがきみに告げたいのは
なにたいしたことではないさ
でもね
橋を架ける
道路を拡幅する
市民会館を建設する
そんな町ならざらにあるさ
だけど　川をつくろうなんて発想する町は珍しいと思わ
　ないかね
極めて独創的と言える

だもんで　あっけにとられて反対する市民はあまりいな
　いの
毎秒八八・六立方メートルの水を流速五メートルで流そ
　うという計画
見当もつかないだろうね
富士川や大井川の年間平均流量より大きいんだよ
広島のあの太田川と並ぶ流量さ
すごい計画だろう
たいしたことではないとは言えないね
川をつくってどうするのか知りたいだろう
ずばり当てられるかな
水路にする
灌漑用水にする
魚を養殖する
市民の飲料水にする
市民の水上公園にする
どれもはずれ
答えはなんと海水温度を高めること
ただ　これだけ

どう　極めて独創的な発想じゃないか
相手のど肝を抜くことは戦略の枢要
だもんで　あっけにとられて反対する市民はあまりいな
　いの
どこから大量の水を引くのか不思議だろうね
たねあかし
川の水だからといって淡水とは限らないのさ
つまり海水を循環させて水温を高める〈工場〉をつくる
　ということ
驚いた？
ヤマセ風なんか吹かなくなると思うよ
人間の知恵はたいしたものさ
そして……
ひろがる　RED TIDE
ぼくらの肉眼ではじかに見ることができない
巨大な死の翼
あの終末の色
では　また便りするよ

海辺からのたより　九

東北新幹線開通まずはおめでとう
え？　きみの町には駅がないの
そうだっけ？
ま　いいじゃないの
おあいこだから
ぼくらんとこなんか八十五年ほども昔明治三十一年開通
　の単線鉄道なんだから
単線って知ってる？
上り下りが接近すると一方が駅で停車して待っている奥
　ゆかしさ
僻んでるんじゃないよ
木製ボギー車にしみついた懐かしい臭い
ああ汽車！　という感じ
石油・ガス混焼火発の計画を石炭専焼火発に変更するん
　だったら
電気機関車をＳＬに替えるほうがかっこいいなんって
どうでも鼻毛を太くたくましくしたいというばかな願望

を生きるようすがにしている人たちが大集結した
火発建設をとり止めさせジョウバン線にＳＬを走らせる
　会
が近々発足するとかしないとか
ともあれ
鮟鱇のともあえ季節外れだけど食べたいね（早速脱線）
ともあれ
ぼくらんとこに無関係と思ってた新幹線ね
実はすごい関係があるの
十三両編成電車が盛岡新白河間を往復すると三万キロ
　ワットの電気を消費し
東北電力株式会社は約五十万円の収入を得る
東北新幹線電気料金年間四十五億円
たいへんな電気食いおばけ
そのおばけの餌をぼくらんとこで生産し
東北電力南相馬幹線経由で供給しようというわけ
したがいまして
火発建設をとり止めさせジョウバン線にＳＬを走らせる
　会
によりますところの運動の帰趨とはいささかのかかわり
　もなく
東北新幹線が走りますれば
わが町の市民の鼻毛が太くたくましくなりしかも密生す
　るという
（太くてたくましいのってなあんでもだいすきよお
　ん）
おほん　実にすごい関係があるんであります
御静聴を感謝申しあげます

海辺からのたより　十

見たことないだろうね
あたまの黒い鷺なんて
あたまの黒い鼠じゃもちろんない
きょうはその話
沼沢地にはまっ白い小鷺が住んでいたけど
いつしか墨染め鷺というあたまの黒い鷺も住みついた

はじめは　あっ珍鳥　という感じ
人の気配で草むらに遠慮ぶかげに隠れたもの
それが群れをなしてはばからない
啼き声のかまびすしさったら
いやらしいことに
人語を覚えしゃべりだしたのがいる
黄金沢長者の伝説が残る集落
その烏山のてっぺんに群がり集まって
烏と鷺じゃ敵どうしのようなもんでも
なにせそこはあたまの黒い鷺のせいか
違和感も自己矛盾も感じないふうで
ココホレ　コケーコケー
ココホレ　コケーコケー
金の烏が埋まっているぞ
その気にすぐなる人間様はどこにもいるもの
烏山のてっぺんを掘りだすやつがいる
墨染め鷺とおんなじで
見ているとてれくさそうに追従笑いなどしていたものが
仲間がしだいに増えるにつれ

眼は血走って人をはばからない
おれが掘り当ててやるぞとばかり
ブルドーザーを持ち込むやつさえいる
烏山一帯は日に日に形を変えてゆく
黄金沢へ崩し落されてゆく
墨染め鷺は詐欺師じゃないか
金の烏どころか石炭殻でも出てくりゃましさ
どうかするとごみの缶詰
ザアックザアックザックザック
そう言い触らす人もいて
月暗く星も稀なる夜
札束くわえた鷺が飛び回っているとか
月落ち墨染め鷺啼いて霜天に満つ
なんかわびしいね
追伸
参考までに
墨染め鷺の啼き声の種類
ココホレ　コケーコケーは成鳥
幼鳥は　ジューユ　ジューユ　エッキーカガース

ごく最近観察されたものに
ウランガイー　ウランガイーと啼くのがいる
老鳥説と新種説とがあって未確認
なんかうそ寒いこの頃だね
健康にご留意を
じゃ

海辺からのたより　十一

ひとりの男の老化した脳細胞のひとつがカサリと崩れた
細胞の単なる新陳代謝ではなく
この出来事は——ミクロの世界のことではあっても
かのノストラダムス大予言書に書かれた予兆であった
ヨーロッパ大陸を悪疫が席巻したときと同様だった
一晩のあいだ町のひとびとの大脳はカサリと崩れる音をたて続けた

いつものように朝が来てひとびとの
いつものような生活が始まった……
寝くずれ髪のまま主婦たちの多くはジャガイモを煮くずして食卓に出した
別の家庭では卵をくずしたスクランブルドエッグが作られた
サラリーマンはラフに着くずした服装で出勤した
農夫たちは田の畦をくずしだした
銀行の開店時間を待ちかねて紙幣を小額硬貨にくずそうとするひとびとの行列ができた
小学生は昼休みに将棋の山くずしに熱中した
島田くずしを結う女性たちがおしかけ美容院を慌てさせた
すし屋には五目ずしの注文が殺到した
デパートのゲームコーナーではブロックくずしに少年たちが群がった
折から最終日を迎えていた市議会は緊急提案された市内の全山を切りくずす議案を全会一致で可決し閉会した
市長は相好をくずした
その夜の宴会で新内くずしが延々と歌われた

多くのベッドで松葉くずしが試みられた
くずれた雲間から月が覗いた
二日目以後はもっとたいへん
やーさんくずれ　経営者くずれ　利権屋くずれ
どういうわけか予科練くずれにキリシタンくずれ　あげくは詩人くずれやらあばずれやら股ずれに至るまで仲よく連れだち住民登録をする
山林原野の所有者たちはなしくずしに土地を売り競馬にコイコイチンチロリンと身を持ちくずす
家族は泣きくずれる
ブルドーザーは残丘や海岸台地にうなりをあげて襲いかかり
押しくずす　曳きくずす　掘りくずす
幸と言うべきか不幸と言うべきか
天候がくずれ桁はずれの集中豪雨
土砂くずれ　崖くずれ
地上のあらゆるものがくずれ
これまさしく国くずしと言うべきか
きのうに変わるきょうの姿
町にあふれるおびただしい屑　くず　くず

さて　きみの町はいかが？
今夜あたり予兆があるかも知れませんよ
お大事に

九艘泊《くそうどまり》

1

島々を連ね半島ができたころ
草木の実を拾って
一群の猿がやってきた
厳寒の冬を逃れて出口を求めたが
胃袋の形をした半島に捉えられた
南は海
濡れてはりつく毛
磯にからだを寄せあう
哀号と吹雪のうなりが世界を空しく切り裂く

2

ヘイ・ニサタイ・ツモの戦いのあと
熊やとどの毛皮をまとって
髯濃く魁偉な一団が
磯づたいに東からやってきた
宙天から海中まで天斧が削った崖をまえに
彼らは磯に黙って坐りこんだ
梢で息を凝らす猿
千丈の海崖のむこうは海峡
渦巻く潮流の果てにもうひとつの世界が青く霞む

3

あれはツルクビ
あの岬はウシノクビ
そっちがタコダ
そこがイモダ
ここはクソウドマリ
神のように名づけ
神のように道をつけ
神のように畑を拓き
神のように世界を開く
海と山とのぼろぼろにほつれた狭間
神のように種播き
神のように子を生《な》す

4

ロシアのラックスマンが漂流民を護送かたわら
通商をせまって来航したころ
丈低く痩身の四十がらみの男とその一行が
ゲントウジロの険路越えでやってきた
宙天から海中まで天斧が削った崖
海が小さく湾入して九艘泊
そのむこうは行き止まり
「日本の果てであるから扶桑留であろう
「石脳油《くそうず》にちなんで臭水《くそう》泊であろう
などと地名の起源を詮索
「むかしハッヒランという蝦夷がいた

いまでもまきが住んでいる
と村の古老の話を聞き
一行は事もなく折り返し東に旅をつづけた＊

5
三沢のUS　AIR　FORCE　BACE　内で動きがあわただし
　かったころ
できそこなった寄木細工のように
海と山との狭間に嵌め込んだ家のまえに
男は坐っている
便秘の痛みを逃れようと
巨大な胃袋のなかで出口を求めて
息を凝らすと
額のひだに沈澱している祖先の思いが地吹雪のように舞
　いあがる
男の髭が風にふるえる
北海岬のむこうは海峡
凪いでまぶしく照り返す海面の果てにもうひとつの世界
　が青く霞む

男の瞳に海が映りまばたく
吹雪のうなりが世界を空しく切り裂く季節は近い
宙天から海中まで天斧が削った崖のうえから
猿声ひとつ

＊菅原真澄（近世の旅行家）『奥の浦うら』に、一七九三年（寛政五年）四月、下北半島を旅した記事が見える。九艘泊はその集落の一つ。

Ⅱ

北狄《ほくてき》　一

曝し首ふたつ
ふたつの首につらなる数百数千の首
平安遷都をことほぐはるばるの贄《にえ》
胆沢《いさわ》の野の草のように密生したモレのひげ
胆沢の風景を内蔵して見開いたままのアテルイの眼

氾濫原のノカンゾウ
台地のリンドウ
トチやクリの林を駆けるシカ
そして　焼き尽くされた村々
アテルイとモレの世界
　われらの世界
みやこの空と雲が赤く染まる
北辺に流れた血を映し
曝し首のまえで大宮人たちは地震《ない》を感じる
新しいみやこが赤く染まる
身を震わせ大宮人たちはそそくさ立ち去る
夕風がアテルイとモレの蓬髪をなぶる

　＊アテルイとモレ　蝦夷の族長。八〇二年（延暦二十一年）
　　処刑される。

北狄　二

ごったがえす湊町の夕ぐれ
ホヤの包みを手に家路に向かう一九七六年の勤め人たち

往診帰りの町医者は磯にたたずむ
白さが混じるびんの毛に風
著述のいっさいを終えたいま
混沌の沖に質《ただ》す残余の日々
せわしく飛び交い海面におり
母親を求める赤子の声でウミネコは鳴く
時が止まるまで
〈幾幾として経歳すといえども……〉
男は決然の腰をあげる
空をだけ暮れ残した十三日町の方へ
怪我人のかみさんが持たせた
一七五六年のホヤを手に

一九七六年のある夕ぐれ

湊町のごったがえしのなか
だれかかれの姿を見かけなかったか

＊安藤昌益　八戸の町医者にして思想家。大館に移り、
一七六二年（宝暦十二年）没。

北狄　三

星もなく暗く澱む夜の底
森羅は撓み
けものや鳥たちの声は絶え
万象が耐え
人も耐え
凍った時空のなか
ひとつのことばが発振する
夜の森の見えざる共振体を求め
かすかに
星のように
科料を求めることによって裁きは達せられたか

投獄・遠島・斬首
人は人を裁く
はたして人は人を裁きうるか
人は人によって裁かれる
はたして人は人によって裁かれうるか

一七七六年　発振するひとつのことば
凍った時空を越え
一九七六年　共振するひとつのことば
は存在するか

＊芦　東山　伊達藩東磐井郡の人。二十余年にわたる幽囚
生活のなかで『無刑録』を著し、一七七六年（安永五年）没。

北狄　四

ひとり旅のさなか
松並木の根かたに胃痛をこらえる

脂汗じっとり
蠅一匹つきまとう
ひとりの影がわたしにかがみこむ
逆光のなか光る額の烙《や》け傷
薬籠から丸薬がとり出される
苦痛と安堵がわたしの表情のなかで交替してゆくとき
〈岩手までです〉とわたしが言ったとき
男の口べりからことばが落ちこぼれる
〈水沢をご存じか〉
そして口べりがゆがむ
わたしの痛みが男に転移したように
名乗らなくとも男が誰かわたしはわかる
入牢《じゅろう》から十一年　抜け牢から五年
負手は桑名とばかり
逃亡の旅も尾張に近い
尾張の向こうになにがあるのか
かげりを背に漂わせて男は朝の光に向かう
帰ることのできない国へ
わたしにつきまとっていた蠅を連れて

一九七六年の蠅を一八四九年の男が

＊高野長英　一八四九年（嘉永二年）額を硝石精で烙く。

北狄　五

雪の中山道へ急ぐ
南部藩をのがれ二年半ば
雪の中山道を帰る
京で目撃したものが南部へ駆りたてる
覚めぎわの夢さながら鮮明なようでいて不確かなものの
　群れ
まだ形をなさないあすのようなものの群れ
京を疾走するものの群れ
逃亡のきょうは果して過ぎたか
待望のあすは果して来たか
南部に待つ歴史による轢殺
八号国道のアスファルトに転がる

一八五六年の矢立てに気付かず
一九七六年の車の群れは
ひっきりなし轢いてゆく

＊三浦命助　南部藩上閉伊郡の人。三閉伊一揆《さんへいいいっき》指導者。
一八六四年（元治元年）牢死。その『脱走日記』安政三
年十二月廿八日の記事に「まいばら三崎や忠蔵ニ泊り、
右の日やたで失い申候」とある。

北狄　六

窓を切り裂いてほととぎす鳴く
異郷の病室にあふれ入る初夏の陽射し
湖面のようにまぶしい照り返し
かつて戊辰戦争に敗走したローティーンの兵士そのまま
　の目に
あふれる伊豆沼の光
脳漿の沼に浮かぶ渡り鳥の群れ
遍歴のフライトコース
生きうる国のための
ひとびとの額に生命の光あふれる国のための
思想の渡り鳥一羽旅に病む
空洞の肺臓から鋭く一塊の痰火
病窓を切り裂いてほととぎす一声
〈頻《しき》りに勧《すす》む帰るにしかず〉と
一八八三年　ひとりの青年の翼を焼き
憲法私案を空洞化した桿菌が
一九七六年　ぼくらのモラルを冒す
枯れ葦に串刺された肺臓のない鳥一羽
渦巻く風

＊千葉卓三郎　宮城県志波姫町生まれ。五日市憲法草案を
起草し、一八八三年（明治十六年）没。その漢詩に「半
世空過旅窓夢／杜鵑頻勧不如帰」と。

北狄　七

日常のひずんだひかりのなかで
なにかをなくしてしまったぼくら
なにかがなにかは気づかないが
朝の通勤電車のなかで
十万光年の星座が
ショッピングの街角で
アテルイの曝し首が
工業港の突堤で
樹海をわたるけものの群れが
ひとだまのような赤ちょうちんのしたで
千葉卓三郎の肺臓が
ふたしかなものの陰に
ふとたちあらわれる
そのときぼくらはおもいだす
なくしてしまったなにかを
たとえば少年の日に食べたケンポナシの実
弥五兵衛も知っていただろうその甘味を
少年の日に読んだイーハトーヴォの物語を
そして　生きる力が励まされる

野の馬を追う

馬は駆ける
創世記の世界そのまま
荒涼としていまだ定まらぬ沖積平野を
馬は駆ける
舞いあがる空っ風が頰に打ちつける砂粒
はるか西　みやこの方角に湧く巨大な砂塵
下総の野で相馬小次郎将門《まさかど》が追ったものはなにか

馬は駆ける
海と山のはざま
あばれ川がつくりだした扇状地を
馬は駆ける
丈なす草むらから垂直に飛翔する雲雀

はるか南　越え来た山々の方角にたゆたう雲片
行方《なめかた》の野に封ぜられた相馬重胤《しげたね》が追ったものはなにか

廃藩ののち旧臣たちが追ったものはなにか
耕す鍬を槍にまがい
稲刈る鎌を刀と思い
潮騒の音を法螺貝と聞く
馬さえも野のにおいにあこがれる
空のまぶしい青さ
夏の光
かれらが追ったものはなにか
単に馬か
見はてぬ夢のなごりか

幻のコミューンは見なかったか

天明山《てんみょうざん》

風も
うずくまっている
胎内の暗さ
ぼくも
うずくまっている
やすらかに
身をゆだねている
鶏が鳴く
あづまの国に
高山《たかやま》はさはにはあれども[*1]
天明山
標高四百八十八米突
を高山と言わぬも
海岸平野からの
せりあがり
せりあがる
鶏の声

胎内の暗さの底から
薄明のきざしを捉え
天の美神の瞬き
信号のように
太初の世界が動く
つちくれを生みだすため
crescendo
造物主のように
山巓にぼくは立ちあがる
東方にひろがる
あまかわをかぶった原水
にび色の輝き
沖も浦も水田《みずた》も
まぐわいあって
見境を知らない
地稚《つちい》しく
浮かべる膏《あぶら》のごとく
漂う[*2]
ぼくは

名付ける
鵜の尾
尾浜
松川
和田
台
岩ノ子
小泉
水に漂う
それら
動くもの
飛ぶもの
立つもの
呼吸するもの
呼吸せざるもの
また
瞬きするもの[*3]
の在処《ありか》
天の底の澱《おり》

つちくれ
うずくまっている
黝黝《ゆうゆう》

＊1 「鶏が鳴く」以下は『万葉集』巻第三・三八二による。
＊2 「地稚しく」以下は『日本書紀』巻第一による。
＊3 「動くもの」以下は『アタルヴァ・ヴェーダ讃歌』
　　スカンバの歌その二による。

Ⅲ

恐《おそれ》山《ざん》

鈴虫を二十匹ほど飼った
かつおぶしを与え忘れると共食いした
秋風が吹いて数匹がリーンリーンとせつなげな響きを響
　かせていたのもつかのま
いまは地に這って動かない二匹だけ
雌の胎内にどれほど多くの卵が孕まれているとしても
生きものを飼育することは死を飼育することと同じでは
　ないのか
われらの時代に人を生むことのすさまじい恐ろしさ
われらのうち　人を殺さなかったものがはたしているだ
　ろうか
生と死とが乱交しているわれらの時代
が生み育てた
あいつは生なのか
あいつは死なのか
騙し絵の世界　生と死とが複雑に交錯していてくるり反
　転すると
見えていたものが消え
思いもかけぬ光景が浮かびあがる
その境界の
かはたれどきの昏さ
あいつは生なのか
あいつは死なのか

　その身その身の咎により　長さ四寸また八寸

一尺二寸の釘打てば　首《かうべ》に五本手に六本
胸と腹とに十四本　腰と足とに二十四本
四十九本の釘打てば　下は地獄の底までも
上はこの世の空までも　響き響きて聞こゆなり
そのとき亡者の嘆く声　響き響きて聞こゆなり

地の割れ目から吹き出し増幅される音
モルグから去ってゆく靴音
嬰児を流し固めた石膏塊を叩く音
墓石を刻む音
呪いの釘を人形に打つ音
置き棄てられた幼児が夜露のなかで気管支を鳴らす音
火口原の大きなフライパンのなかに降り立つと
そこでは地上のあらゆる怨念の音がひしめいてぶつかり
　あい罅《ひび》割れている
漂泊の果ての人間の意識が構築した漂白の廃墟
恐山
〝きみも、他人も、恐山！〟
長谷川龍生も、恐山！

霧雨のヴェールを掛けた宇曽利湖のほとり
外輪山の樹林に胞衣《えな》を掛けて啄《ついば》むかけすの嘴ぬめぬめ光
る子宮の奥深く鬼灯《ほうずき》の白根を挿込むと孕んだ腹は波
打ってつん裂く悲鳴は幽冥の血の池地獄を逃れよう
もない母親か流れ出た胎児か浮かびあがる血反吐に
まみれ眼球に緋紅色の鱗
緋紅色の迷宮
かと思うと緋紅色の曠野緋紅色
以外の色彩が存在しないから
空も緋紅色で緋紅色の雲を浮かべ炎のように緋紅色であ
る樹林
を緋紅色の湖が緋紅色のままに
映し出しているカメラのファインダー
を内蔵するカメラの緋紅色と内臓
を剔りだされた女の屍体から流出して止まない血
の緋紅色の差異について立証不能である
から緋紅色のおれが短刀をふるって犯した
犯罪も緋紅色の迷宮に入ったおれの存在
は融けだした緋紅色の屍体と緒で繋がった

ママの赤ん坊
すなわちおれは完結した緋紅色の球体
の内壁の一部である
ただぬめぬめ光る緋紅色の胞衣を啄むかけすは外輪山の
　樹林に消える
恐山！
おれも、おまえも、恐山！

　罪の重みにひしがれて　心細くもつく杖の
　降りつ昇りつ行くほどに　三途の川へと着きにけり
　八万由旬《ゆじゆん》の川幅に　かかるはかなき箸の橋
　渡らんとする足元に　しきりに吹くは業《ごふ》の風
　橋の下には待ちかねて　鰐と大蛇が浮かび出て
　落ちなば呑まんと集まれり

六道の辻から地獄道へ下ってゆくと
酒屋地獄　麹屋地獄　染物師地獄　百姓地獄　金掘地獄
　猟師地獄
戻るに戻れぬ八幡地獄　白くただれた塩焼地獄　雷鳴と
　どろく新地獄　地獄の底の阿鼻地獄
その閻婆度処《えんばどしよ》には堤防を決壊させ民衆を殺したものが堕
　ちるという
たいがいの政治家は虚言をついたことによって受無辺苦
　処
百三十六の地獄を囲んで針の山剣の山小剣大剣
砂も乾かぬ血散り浜
虚無にさらされた小石のように白骨散らばる舎利ケ浜
吹き過ぎる瓢風
ばらばらに散っていた三百六十の骨集まって生きかえり
　起きあがる
ボードレェル曰く〝女は糞壺だ〟
女にかぎらず男だって人間なんざぁたぷんたぷんの糞壺
　だ
高級な料理を食べても一晩すれば見事なうんこ
ノアの洪水そっくり浴びせてもとれない穢れ
粧いこらしても死ねば穢れが滲みだして
脹れただれ潰れ腐れ群がる蛆虫
ふたたび白骨と化しばらばらに散り虚無にさらされた小

石一面の舎利ケ浜
その飽くなきくりかえし
自分の頭を壊し脳漿をとりだしては食べる
その飽くなきくりかえし
自分の嘔吐物をすくっては食べる
その飽くなきくりかえし
タンタロス
なんのために生き
なんのために殺し
なんのために死に
なんのために築き
なんのために壊し
だれもその理由を説明しないまま
殺戮と破壊は朝ごとの紅茶のようで
レモンを添えるかジャムを添えるかそのときの気分で決
　まる
なんのために殺し
なんのために壊し

昼はひとりで遊べども　日も入相《いりあひ》の鐘鳴れば
三つや五つの幼な児が　賽の河原に集まりて
大石運びて塚築く　小石拾いて塔を積む
一つ積んでは父のため　二つ積んでは母のため
三つ積んでは故里の　兄弟わが身と回向して

賽の河原
人間の意識のミニュアチュール
斜光して起伏強調
冷気渦巻く悪寒
総毛立つ皮嚢の襞の分泌
無意識の領域からほんのわずか外れて意識のレーダーの
　一隅をかすめたＵＦＯ
瓢風のように
殺すがいい
壊すがいい
そして行くのだ
どうせ死ぬるをたかの死出の山
恐山！

おれも、おまえも、恐山！
遥かな近い国へ
祖霊の国へ
天と地のわずかな空隙の国へ
そこはひっそりと樹林が潜んでいる国だ
そこは黙ったままけものたちが耐えている国だ
そこは村々の入口に墓標が朽ちている国だ
ケカチ坂のある国
ネネ塚のある国
空には泰西宗教画に見るあの奇蹟を内蔵した雲
北欧同様太陽は亜鉛塊のなかに低く沈みこんで
犯される世界
染み拡がる緋紅色血の色
地霊のうめき
火山灰地に敷いたござにべったり坐った巫女の不明瞭な
　うめき
のあいだから死者のことばを捜す
生と死が乱交してことばを発し
聞こえていたかと聞くとかき消え
火口原の空間は歪曲する
雪片々
天地の割れ目　黒い樹林に
雪は降るか
雪は霏々と横ざまに降るか
恐れ気もなく
一切合財、恐山！

われらの森は北に

きみにとって不可視であったものも
森のなかでは見ることができる
たとえば木霊
のように
三つ森のみやま榛《はんのき》の樹間からひかげ蝶がひらり舞いあ
　がって
千年を越える過去の光を放つ星との距離をゼロにしても
これをきみは魔術とは呼ばない　なぜなら

時間は意識の内包量だから

梢ごしに見あげると
鮭肌色の卵がびっしりの空
牡鮭が白濁させる
森は低くざわめきあう
この風はほの浮かぶうろこ雲のあるところよりもっと遠
　くから至ったのではないか
逢魔時　受胎の夜が訪れ
森は黒々沈む忘我の恥丘のようだ
地のそこここからどめきが集う
こんな夜はどろどろ　地鳴りの太鼓が明け方まで続くべ
　きである
われらなぜここに生るか
われら異形のもの
われら従《まつろ》わぬもの祀《まつ》られぬもの
邪鬼《あしきおに》　瘧鬼《えやみ》
醜女《しこめ》　餓鬼
魍魎《みつは》　生魑魅《いきすだま》のごときと恐れられるもの

片肩あげた霧山岳は北狄荒ぶるものの姿
北の森はわれら異形のものの地
気圏を抜いて宙にほとばしる大地の血
われら噴きあげる火
われら大地の血を受けたもの
つぐみわれらとともに群れ
山女《やまめ》われらとともに踊り
岩鹿《かもしか》われらとともに飛び
咬み爪立て血啜りあい
ひめ芝のうえまろびあう
獣婚の夜
狼は痙攣しその鬼気はわれらの体液となる
猪の瞳に月は丸く灼々
紫蘇輝石《しそきせき》安山岩の山襞はぼおーっと光る
北斗半円を描いて沈む
こんな薄明に太鼓は鳴りやむべきではない
森ごとわれらは封じ込められるべきではない
こんな日はどろどろ　地鳴りの太鼓が陽沈むまで続くべ
　きである

戦いの朝
霧山岳は霧に潜む
丸森　大沢森　高森　黒森　大森も
森の樹々も　けものたちも
迎え撃つ静黙
われらなぜここに在るか
沢さえも応えない
連続する時間は曲げられ腕輪のように切口を接合される
動かない霧
動かない思惟
岳樺《だけかんば》の葉先から露がこぼれる
落葉を踏む音
風が過ぎる
森が撓む
狼火
われらなぜここに戦うか
われら森の末裔
北の森はわれら異形のものの地
流れはじめた霧にまぎれ撓んでは進む森われら

風よ吹け
風吹いて霧のなかありうべからぬ位置に森を
包囲する森を
嶮岨森は足奪う
三つ又森は迷わせる
抱森は捕らえる
石森は投げつける
刺す野いばら
突く辛夷《こぶし》
咬む蝮
薙ぎ払うとど松
撲る熊
角掛ける真鹿
引裂く鷲
われらなぜここに死ぬか
われらの地にわれら復活しようと
戦いの日はどろどろ　地鳴りの太鼓がわれら最後の死まで続くべきである
片肩あげた霧山岳は北狄荒ぶるものの姿

気圏を抜いて宙にほとばしる血
全宇宙を震撼する地鳴り
全宇宙に降りそそぐわれらの血
還ってきた静謐のとき
血はあざやかに転身を遂げる

きみは北の春を知っているか
黒土が萌えそめた少女の柔毛をともない雪を融かす
すずらん　こまくさ　いわぶくろ
谷に水量豊か
いわな　あゆ
森はひらく
きみは北の冬を知っているか
それはすべて春のためにあるのだ

呪術的な八十一行の詩

1

たとえば産室で
妊婦は縄をなってはならない　赤ん坊の腸がねじれるか
ら
妊婦は火事を見てはならない　赤ん坊に赤あざができる
から
妊婦は戸口で立ち止まってはならない　難産するから
妊婦はほおずきを鳴らしてはならない　流産するから
へその緒を戦士の手で戦場に埋めねばならない　勇敢な
気性に育つよう
へその緒を森の樹に掛けねばならない　木登りの名人に
なるよう
へその緒を炉ばたに埋めねばならない　料理やパン焼き
がうまくなるよう
へその緒を綿にくるんでしまっておかねばならない　病
気をせずに育つよう

2

たとえば家庭で
とげのある木で家を建ててはならない　心配ごとが絶えなくなるから
落ちた果物を食べてはならない　つまずいて転ぶ癖がつくから
狼が殺した羊の毛で織った服を着てはならない　皮膚がかゆくなるから
ふくろうの肉を食べてはならない　夜も眠れなくなるから
蛇の模様をなでた手で額と眼をなでねばならない　美しい織物が織れるよう
蜘蛛を焼いた灰を指につけねばならない　琴を軽やかに弾けるよう
猿の手を戸口に掛けねばならない　魔物が忍び込まないよう
おたがいのセックス状のだんごを夫婦は食べねばならない　子孫が栄えるよう

3

たとえば畑で
口笛を吹いてはならない　龍巻が襲うから
みみずを殺してはならない　日照りになるから
口にふくんだ種を播いてはならない　花が実を結ばないから
果樹の下で弓を射てはならない　熟さないのに落果するから
妊婦は種まきをせねばならない　とうもろこしがたくさん実るよう
夫婦は抱き合って転げ回らねばならない　麦が豊かに実るよう
夫は何度も高くジャンプせねばならない　亜麻の茎が長くなるよう
女は腰布だけの姿で稲を刈らねばならない　籾殻が薄くなるよう

4

たとえば森で

妻は縫物をしてはならない　夫の足にとげが刺さるから
妻は髪を切ってはならない　夫の罠を野猪が破るから
妻は牡牛の膝を食べてはならない　夫の足が弱くなるから
妻は顔を布で覆ってはならない　夫が道に迷うから
蛇を焼いた灰を両脚に塗らねばならない　蛇に咬まれぬよう
鷲の胆汁を飲まねばならない　視力が強くなるよう
蛙の皮を上衣につけねばならない　すばやく行動できるよう
鹿の足跡に燃えている炭を置かねばならない　ねらった獲物が逃げないよう

5
たとえば海で
娘たちはあや取り遊びをしてはならない　恋人たちの指に銛がからまるから
娘たちは切った爪を水に流してはならない　恋人たちが波にのまれるから
娘たちはふきやれんこんを食べてはならない　恋人たちの舟に穴があくから
娘たちは部屋から出てはならない　恋人たちの舟が戻らなくなるから
男たちは船腹に色鮮やかな模様を描かねばならない　平穏な航海が続くよう
男たちは赤ふんどしを締めねばならない　海神にさらわれぬよう
男たちはかもめの眼球を腰につけねばならない　海の底まで見えるよう
男たちは山いものつるを足首に巻かねばならない　深く長く潜水できるよう

6
たとえば戦場で
親ははりねずみを食べてはならない　勇敢な息子が臆病になるから
親は昼寝をしてはならない　勇敢な息子が敵襲を受けるから

親は雄の動物を屠殺してはならない　勇敢な息子が戦死するから
神殿の火を消してはならない　戦士たちに災厄が降りかかるから
ねずみの毛を頭につけねばならない　敵の投げ槍から逃れるよう
角のない牡牛の毛を頭につけねばならない　敵に捕らえられないよう
いたちの毛を頭につけねばならない　敵に殺されないよう
犬の毛を頭につけねばならない　無事に戦場から帰還できるよう

7

たとえば都市で
道路を歩いてはならない
学校へ行ってはならない
家に住んではならない
夢をみてはならない
ゼッケンをつけねばならない
同じスケジュールの毎日でなければならない
自分とそっくりな他人と暮らさねばならない
詩は焼かねばならない

8

たとえば産室で
たとえば家庭で
たとえば畑で
たとえば森で
たとえば海で
なにかが実在した
たとえばそこが戦場であっても
けれども　たとえば都市で
なにかは実在しうるか

9

人間に死が訪れるとき
澄みわたった空はその奥からシグナルを地上にとどけて

いなければならない
豊かな海はその奥から満ちた潮を岸辺に打ち寄せていなければならない
黒々とたたずむ森はその奥にけものたちを潜ませていなければならない
肥沃な畑はその幾何学的な模様を地平まで広げていなければならない
残された家族たちは健康でいなければならない
産室からは赤ん坊の泣き声が聞こえていなければならない
死者の顔にやさしさがあふれていなければならない
春ならこぶし　夏ならゆり　秋ならもくせいが咲き　そして冬なら雪が降り敷いていなければならない

＊この作品はJ・G・フレイザー『金枝篇』から示唆を得た。

Ⅳ

みんな帰りたがっている

――横田米軍基地PXに勤務していた姉から聞いて

乾いた泥がこびりついたままであったり
血や油で黒いしみがあったり
よれよれの服の男たちが
くらげのようにうちあげられて
コンクリートのやけに白い床に
積み重なっている
垢まみれの手足が動いたり
充血した眼が見開かれたりするので
生きているとわかる
ジェット輸送機が音を軋ませて着地するたびに
ずんぐりふくらんだ胴体から
コンクリートの床にこぼれ落ち
ふえてゆく堆積物
二時間のトウキョウ

アメリカとヴェトナムの中継基地
胸ポケットに押し込まれているドル紙幣
ＰＸまでの数百歩を歩けば
ニコン　ソニー　ミキモト
なんでも買える
彼らは歩く意欲がない
彼らは買物をする意欲がない
彼らがぼろ屑なら
ポケットのドル紙幣は紙屑
一九六九年八月
ヴェトナムでの戦争は
わけのわからないままに激化し
カデナでさばききれない兵員輸送が
ヨコタに回された
彼らを積んできた輸送機に乗るため
ズボンにきっかり折り目の付いている一団が通りかかる
通りかかる一団に
ぼろ屑が一斉に叫んだ
〝We'll go home!〟
よれよれの服を横目に
真新しい服が羨ましげに通り過ぎる

炭化したパンのイメージ

一九八三年八月九日　晴
長崎国際文化会館五階のベンチで
私はぼんやり時を過ごしている
みぞおちから腹に流れゆく汗
米国人家族がビデオを見ている
小学生がときどき質問する
父親が説明する
母親は黙っている
被爆婦人の対談が再生されている
ゆっくり流れ落ちる汗
私の戦争の記憶は
夏の日の出来事が多い

一九四五年夏のある日　晴
松の根を掘り起こすための穴の中で
ぼくはほとんど意識をなくしている
みぞおちから腹に流れゆく汗
勤労奉仕作業のぼくらは国民学校初等科四年生
被爆婦人のビデオを見ている少年よりも
痩せていたろう
空腹で唐鍬を振るう力もない
松の根は乾溜して採油するのだ
ぼくはあぶら汗を感じている
ぼくは食べそこなったきのうの昼ごはんのことを考えて
　いる

一九四五年夏のある日　晴
昼ごはんの食卓のまえ
ぼくはぼうぜんとしている
空襲警報があって
食べかけのまま防空壕に避難
小さな田舎町の飛行機部品工場が爆撃される
戻ってみると食卓に一面の煤
爆弾の振動で天井から落ちた煤
洗い落とせた食べ物はほんのわずか
うらめしかった
爆弾で死んだ人がいたのに
ぼくはまっ黒になったごはんにこだわった

一九四五年八月九日　晴
爆心地から七百メートルの長崎市岩川町で
小さな弁当箱のごはんが二次火災で炭化した
ほぼ一時間後には一人の少女によって食べられるはず
　だった
ささやかな弁当
白いごはん

一九八三年八月九日　晴
長崎国際文化会館三階で
私は三十八年まえの夏を思い出している
ガラスケースのなかは小判型の小さな弁当箱

私はまっ黒になったごはんを見ている
2の3ツツミサトコと書いてあるという
十四歳の女学生の小さなアルミ箱のなかの
私は食べられないでしまったごはんのことを考えている
ささやかな弁当を食べないままに死んだ少女
彼女のクラスメート
彼女の家族

一九八三年八月九日　晴
長崎国際文化会館五階のベンチで
私はぼんやり時を過ごしている
みぞおちから腹に流れゆく汗
米国人家族がビデオを見ている
被爆婦人の対談が再生されている
堤郷子さんと同年輩だった婦人でもあろうか
父親に質問している少年にとって
食べるべき昼のパンを食べそこなうことがあるものだろ
　うか
焼け土の上に石のように黒く炭化したパン
地球という祭壇に石のように黒く炭化したパン

右脇腹の痛み

――ひとりのキムとこころを同じくする
　すべてのひとのために

東天に三つの惑星が連なり宙吊りに懸っている
夜明けにはまだ間がある
静かだ
あの朝のエルサレムのように息をのみこんで
ひとびとは目覚めている
ひとびとは眠られぬ夜のまま
ひとびとは目を見開いている
ただ　ひとびとは黙している
たとえば信仰のゆえに
たとえば思想のゆえに

たとえば良心のゆえに
ひとを
国家権力は殺すことができるのか
国家権力は殺すことが許されるのか
国家権力が殺すことを許せるのか
ひとを
その内側のゆえをもって
そのいれものに三本の針をうつことができるのか
打つことに手を借していいのか

ひとりの痛みはすべての人間の痛みに重なる
脇腹の傷の深い痛みにだれもがうちのめされている
だから　ひとびとは黙している
夜明けまえの星空に目を凝らしている

ガ　マ

沖縄では
洞窟を
東北の私が育った土地では
空洞になっている状態を
ともにガマという
共有する思いを確かめたくて
言霊がみちびくのか
沖縄へ向かう

玉城村糸数《たまぐすくそんいとかず》のアブチラガマ
サトウキビ畑のなかの入口
日常のなかにふとたち現れた亀裂
冥界への入口もまた
私たちの足元に同様に在るか
イザナキのごとく
オルフェウスのごとく
私は足を踏み入れる
大きな蝸牛《つだみ》の殻るいるい

沖縄戦のさなか

あるいは村民が避難し追い出され
あるいは野戦病院となり
あるいは重傷者が置き去られ自決し
あるいは敗残の兵士がたてこもり
あるいは住民が諜報者として処刑され

大きな蝸牛の殻るいるい
屍を食べたか
屍を食べた蛆を食べたか
屍の数だけ在るか蝸牛の殻
私の靴の下でクシャリと割れる
悚悚《しょうしょう》とたちあがる気配
言霊の気配

——振り返るな!

私は振り返る
わがイザナミの
わがエウリディケの

石の上に置かれた骨片ふたつ
小さな石碑

ガマの外は口をぬぐったような日常
だがその日常を空の高みで引き裂く米軍機
危うい空洞の地球
ガマになった蝸牛の割れる音

十月の岸壁

いろとりどりに波打つ大漁旗
外国船の陽気なホイッスル
天と海に打ち込んだ楔形は平潟・五浦《いづら》
はねあげられたうろこが群れをなしゆったりと天空をす
　べりゆく
十月の小名浜港は明るい
岸壁にコンクリートで閉じ込められている小型潜水艇

船体は朽ち果て
巨魚の骨となって空間に絡む鉄柱
穴だらけの水槽
を波は時間を超えて行きつ戻りつする
この鉄塊を生命の函にした人へ
この鉄塊を黄泉への航行機にした人へ
わたしは無言の挨拶をおくる

貝は付着し
死殻のうえに貝は付着し
鉄塊でも有機物の塊でもなく
モニュメントでもなく
疲れて還ってきた船を繋留する場所でもなく
ただ磯蟹の巣
癒着した歴史の空洞
釣り糸の弧を天に放った少年は岸壁にはめ込まれた赤錆
　びの鉄骨を踏まえている
髪なびかせ海の方へ走る少女は赤錆びの鉄板を蹴って
　いった

わたしは彼らにも無言の挨拶をおくる
十月の岸壁に波はたゆとう

夜の森　五

しばれる寒さに踏み強《つよ》むと大地は　がきっと応えてくれ
　る
ぼくの掌のなかに妻の掌
妻の掌を包んでぼくの掌
天頂でアストレアの星々がぼくらの大地を見おろす
スピーカよ　三二〇年ののち　おまえの青白い眼射しを
　残夜の空に捜す人間がいることを　おまえが信じなく
　とも
ぼくらは信じる

＊アストレア　堕落する人間を嫌い神々が天上に去ったのちも下界にいて正義を鼓吹していたが、人間が剣で争い戦うのを見て、ついに天上へ翔り去って、乙女座となった。スピーカはその主星で距離三二〇光年。

六歳の冬

そして幾度目かの冬へと
ゆるやかに弧を移動するジャイロごま

日常の空隙でふと長男の年齢をかぞえる
六歳
六歳の冬
わたしの一九四一年冬

その襞に奇妙なデータを保存する大脳皮質
上野動物園の象や横須賀軍港の巡洋艦甲板をではなく
五歳のこどもの記憶装置は保存したりする
夜の駅の長い階段を　父母の手にひかれのぼる一瞬
おそらくこれがわたしの再生可能でもっとも古いデータ
　というわけだ
長男の一九六九年夏　五歳のデータも仙台動物園の象で
　はなく
ホットドッグで食当たりした雑踏のなかの嘔吐かもしれ
　ない
父母にとって恐懼すべきことであっても
放尿は生理のもたらすものだからわたしの装置は動かな
　かった
二重橋際から皇居に向けてとしても

長男の一九六九年冬
六歳の冬
たとえばペーヴメントの乱反射に記憶装置ははたらくだ
　ろうか
ありふれた日々のなか
ある晴れた朝
暗い部屋で開いた特別放送を叫ぶラジオ
暗い屋内から見た雪の乱反射
まぶしくて涙がこぼれ落ちたというだけで
気まぐれな大脳皮質の襞は保存した
六歳の冬
わたしの一九四一年十二月八日

刺激によるデータの再生
聴覚――ラジオの特別放送
視覚――太陽の強い乱反射光
そして　涙

一九四五年夏　涙はどのような意味を持ったか
十歳のこどもにも祖国の敗戦は理解できたから
何者たちかに裏切られたから
単にやっぱりまぶしかったから
あふれる涙は夏の情景を冬の情景へとパンさせた
一九四一年冬　涙はどのような意味を持ったか
単にまぶしかったからか
わたしにはわからない
実像か虚像かさえ
けれど　まぶしかったからだけではあるまい

わたしにはわかることがもうできないだろうから
繰返し再生はできても
なにかが始まっているに違いない一九六九年冬

新しいデータを記憶するだろう
三十四歳のわたしと六歳の長男との意志にかかわらず
気まぐれな大脳皮質は襞の奥深くに
データが再生せぬよう封じ込めねばならぬ
あるいは海面の　ペーヴメントの　ブラウン管の　鏡の
　なかの　ジュラルミンの
あるいはゲレンデの乱反射

わたしの一九六九年冬
長男の一九六九年冬
十二月に雪のない町に住んでいるから
わたしたちはスキー場に行くことになろう

ゆるやかな弧からスピンにさしかかった孤独な惑星
そして新しい冬

サンザシ

きみの周辺からなくなってしまったものはないか
いつからかなにかが
わたしの周辺からなくなってしまった
万年筆やライター
左手の傷跡
それらではなく
夏の雲　せせらぎ　夕立
それらではなく
ひっそりと遠去かりゆく歌声
きみの気付かぬうち
青空の深みを切り裂くモズ
光りあふれる海面
それらでもなく
われわれを置き去りにしたもの
壁時計の文字盤
いったいなにがなくなったのか

時間はいつでも〈時間〉のように滞ることなく正確に過
　ぎゆくものだろうか
ある大きな存在が時間の上に一滴の薬液をたらす
時間はのたうち歪み
ときにためらい
ときにすべる
そんな小さな襞ができ裂け目ができる
そんな裂け目に気付かぬわれわれは恋人に逢えずじまい
　になったり避けきれず車を衝突させたりし
あるいは噴火があったり洪水があったりする
ある大きな存在が時間の上に一滴の薬液をたらす
時間はのたうちワープする
三十年の過去と現在が接触し
結び目をつくってほどけなくしたり円環として閉じたり
　する
そんな結び目に気付かぬわれわれは部屋のなかをぐるぐ
　る廻り続けたり神隠しにあったりし
あるいは天候異変があったり王国が復興されたりする

過去はわれわれにとってどのような存在なのか
時間の地図のうえで現在は過去の軸と未来の軸とのゼロ
　座標
過去は現在のうえにその影を落とす
けれども過去の事実がわれわれにとって事実としてでは
　なく存在するとき
あるいは過去の仮構がわれわれにとって事実として存在
　するとき
それらをもうひとつの過去と呼ぶべきか
したがってもうひとつの現在と呼ぶべきものが存在する
か
われわれの影の部分に存在する複数のパラレルワールド
こんがらかった糸束
無数のポイントが網の目のような操車場
隣の軌条を追い越してゆく特急列車を見るようにはわれ
　われはもうひとつの現在を見ることはできない
三つまえのポイントで消えた万年筆やライター
六つまえのポイントで消えた恋人
四つまえのポイントで消えた革命

それらを運んでいるもうひとつの現在が都市の雑踏のな
　かにふとたちあらわれたりしないとは言いきれないが
もはやわれわれの現在とは交差することがないのかも知
　れない

認識の機構のなかでたった一条の塹壕のように暗い世界
溝は一方にだけうがたれていて
その先端は黒々と闇に溶けている
崩落する背後の砂礫の音を聞きながらわれわれは闇に向
　かって歩む
オルフェウスや伊邪那岐《いざなぎ》のように背後を振り向いてはな
　らないのだ
傾斜した世界
粒子の荒れた世界
呪術師の水晶玉に映った世界
なにかをなくしながら背後に消えてゆく世界
信念のない磁針は震え
ありうべからざる時刻に太陽は西からも北からも現れる
わたしは世界の終焉の日のことを考えてみる

その日もきょうのようにサンザシの枝は風に震えている
　だろうか
それとも氷に閉ざされているだろうか
それとも炎をあげて燃えているだろうか

第三詩集『若松丈太郎詩集』（一九九六年刊）より

望郷小詩　―宮沢賢治による variations

水　沢

向ふの雲まで野原のやうだ／あすこらへんが水沢か／君のところはどの辺だらう

（「五輪峠」――『春と修羅』第二集）

あすこらへんが水沢かと
焼石岳《やけいしだけ》の尾根みちで
茫々の北上平野をふりかえる
種山《たねやま》高原や五輪《ごりん》峠はそのむこう
こちらむきで賢治が目にした眺望を
こちらがわからぼくらはながめる
君のところはどの辺だろう
日高見《ひたかみ》のくにばら
畑をひらき
田に水をいれ
野に馬をはなち
林間にけものを追った
まつろわぬ部族集団の楽土
あすこらへんが水沢なら
あれが衣川《ころもがわ》
あすこが平泉
水陸万頃《ばんけい》　豊饒のくにばら
集落は島々となってうかぶ
むこうの雲まで多島海のようだ
日高見のくにから野焼きのけむりがあがる
千五百年後のぼくらにむけて発信するのろし

人首町《ひとかべまち》

雪や雑木にあさひがふり／丘のはざまのいっぽん町は／あさましいまで光ってゐる

（「人首町」――『春と修羅』第二集）

丘のはざまのいっぽん町がつきるところ
鳴瀬川の吊り橋にゆく角から二軒目
酒屋の本棚に『野球界』のバックナンバーがあった
丘のはざまのいっぽん町のクラブチームが鳴瀬倶楽部
叔父もメンバーだった鳴瀬倶楽部は
十五キロ川下のぼくらの町にきてゲームをした
ビー玉やぜんまいの綿毛を芯に毛糸をまいたボールであそんでいたぼくらは彼らのプレーにあこがれた
ずいぶんけわしい山道を木炭バスはあえぎ登ったように記憶しているが
いま人首町への道にはふしぎに急坂がない
酒屋のうらは鳴瀬川
いわなややはやが瀬にうろこを光らせていて
いろりにならんだ焼き串が香ばしかった
酒屋は母がそだった家
ぼくがうまれた家でもある
丘のはざまのいっぽん町には伝説がのこされている
蝦夷《えみし》の酋長悪路王《あくろおう》の一族に十五、六歳の少年がいたという
少年は征夷軍からのがれ大森山の岩窟にかくれたという
首討たれた人首丸はうつくしかったという
ぼくは悪路王の末裔であろうか
そうではなくとも人首丸をかくまった村人の子孫か
丘のはざまのいっぽん町の街道脇に流れのはやい水路があって
うけそこなったボールを追って足をふみはずしたことがある
ながされながら水面に顔が浮いたとき
征夷軍の射た矢がかすめ飛んだ

北上川

北上川は熒気《けいき》をながしィ／山はまひるの思睡を翳す
（「北上川は熒気をながしィ」―『春と修羅』第二集）

千年むかしの光をうかべ北上川は流れる
この橋をわたり八キロ離れた高等学校へ通学したことが
ある
桜木橋に自転車をとめ川風をうける
岸の木だちが川風にそよぐ
風のように過ぎるものがある
あいつか
橋上に立つとここは全宇宙の中心のように思えるのだ
遠く小さく岩手山も早池峰山も見える
東に種山・姥石高原
西に焼石岳・駒ケ岳
やや上流の段丘上が胆沢城趾
やや下流が跡呂井《あところい》
蝦夷の酋長アテルイの根拠地と伝えられる
はるばるの贄となったアテルイ
討たれた首は都の辻で夕焼け空を睥睨した
風のように過ぎるものがある
あいつか
あいつとは誰だ
橋上に立つといまは全時間の中心のように思えるのだ
千年むかしの光をうかべ北上川は流れる

風のかたまりの夜

ざふざふと樹木をゆすり
夜空を風のかたまりがはねてゆく
家いえでは身内がいろりに集まり
風のはねる音に耳をすましている

ほた火のはねる音にびくっとする

こんな夜を
サムトのばばあが帰って来そうな夜と

遠野在の者は言う

梨の木の下に草履を脱ぎ
消えて三十年
忘れられかけたころ
ざふざふと樹木をゆすり
闇のなかを風のかたまりがはねてゆく
今夜のようにみんないろりに集まり
黙りこくってほた火を見つめていた夜
勝手の戸をがらり開け
風のかたまりといっしょに
女は帰って来た
見まちがうほど老いさらばえていたという
いろりに手をかざし
しばらく身内と話し
〈また行く〉と言ったなり
勝手口から出て行ったという
風のかたまりが吹き込んで
みんなの肌をざわっとさせる

サムトの女は
どうして　どこへ
行ったのか
どこに　どのように
いたのか

ある日　ふと
人が姿を隠すことがある
人はどうして姿を隠すのか
理由もなしにということはあるまいに
人はどこに姿を隠すのか
われわれの知らない異界があるというのか

ざふざふと樹木をゆすり
幻のなかを風のかたまりがはねてゆく

第四詩集『いくつもの川があって』（二〇〇〇年刊）より

来るはずだったものは

道ばたに立っている男
門口にたたずんでいる男
ふたり三人というのではなく
道みちの家ごとに
村じゅうの男たち
働きざかりの男たち
待っている風情で

村祭があるとか
葬列がとおるとか
だれかを出迎えるとか
だれかを見送るとか
わたしたちがとおりすぎるのを眺めるとか
そうしたことのためではなく
わたしたちがとおりすぎているのでもちろん眺めてはいるものの
たまたま結果として眺めることになったのであって
わたしたちがとおりすぎるのを眺めることが目的ではなく
道みちの家ごとに
待っている風情で
門口にたたずんでいる男
道ばたに立っている男
エストラゴンのように
ヴラジミールのように
アジアの一隅でも

わたしたちの世紀に来るはずだったものは途中から引き返してしまった
わたしたちの世紀に来るはずだったものはその気配だけを伝えて去ってしまった
わたしたちの世紀に来るはずだったものはついに来るこ

とはなかった
のではなかったのか

破壊されつくしたあとの
いっそうむなしい風景が
いっそう深刻な事態が

男たちにかぎらず女たちにも
エストラゴンのような
ヴラジミールのような
わたしたちにも
たっぷりと湿気をふくんで生ぬるい風
ひとしなみに

龍門石窟の老婆婆《ラオボボ》

洛陽南郊
伊水河畔

龍門石窟へのアプローチはごったがえしている
夏の陽射しの観光客にもの売りの声がおそう
上半身裸体で隻腕をみせる男
男の肩口で光っているのはあの戦争のいやされることの
　ない傷口か
この時代はいやしのないまま
たったひとつの傷口さえもいやすことなく
あたらしい傷口をつぎつぎにひろげている
奉先寺洞
盧舎那仏《るしゃなぶつ》
慈愛に満ちた仏顔は唐代のひとびとにいやしをもたらし
　たか
対岸香山
楽天独宿
朝の光をあやしく散乱する仏像を川向こうに
迷路心廻因向仏[*1]
（迷路心めぐりてよって仏にむかい）
などと晩年の詩人は口ずさんだかもしれない
などと妄想しつつ行くと石窟下の茶屋に

盧舎那仏よりも上品でかわいらしい顔立ちの老婆婆《ラオポポ》
つくねんとひとり居る
牛さんの通弁によると
何かできる客商売はないかと様子を見ているのだ　と
どんな生涯を背負ってきたのかは知らないが
座っていられればいいのですが
つくねんと野仏のように
爽やかな風どこからともなく水音
ようやくひらくわが心
満耳潺湲《せんかん》
満面涼[*2]
（耳にみつる潺湲
　面にみつる涼）

＊1　白居易「刑部尚書致仕」部分
＊2　白居易「香山寺避暑」部分

傷口のほの暗いひかり

ひとりのヒトが発射ボタンを押し
一発の砲弾が狙撃者通り《スナイパーストリート》に撃ちこまれた
標的は路面電車
家路にむかう多くの市民を乗せた電車

事態をたしかめるための一瞬の無音ののちの叫喚
夕ぐれどきのかすかな光のなかには
はるかな天体が発した光の束もあった
四十五億光年を旅してきた光はほの暗くひかった
爆裂の弾片ではぜたひとりのヒトの傷口で
ほんとうは祝福しようと旅してきた光が

はるかな天体が光を発したとき
路面電車はなかったし
砲弾もなかったし
ヒトもいなかった
もちろん　発射ボタンを押したわかものも

傷を負ったわかものも
当然　誕生したてのこの天体がういういしく
しかし　不安げに浮かんでいるだけだった
宇宙のふかい闇のなか

四十五億光年を旅してきた光の束
ひとつまえの停留所で電車に乗ったばかりのわかもの
砲弾の発射ボタンを数秒まえに押したわかもの
それらが一点に収束して
ひとりのヒトの傷口で光がほの暗くひかった

生きることに不器用なヒトという生きものに
四十五億年という時間の意味を問いかけて

誕生して四十五億年がすぎた天体
誕生のときとおなじく不安げに浮かんで
誕生のときとおなじくふかい宇宙の闇のなか

連詩　かなしみの土地

わたしたちは世代を超えて苦しむことになるでしょう
——ウクライナ医学アカデミー放射線科学臨床医療研究所所長
ウラディミール・ロマネンコ

プロローグ　ヨハネ黙示録

その日と
その日につづく日々について
聖ヨハネは次のように予言した
たいまつのように燃えた大きな星が空から落ちてきた。
星は川の三分の一とその水源との上に落ちた。
星の名はニガヨモギと言って、
水の三分の一がニガヨモギのように苦くなった。
水が苦くなったため多くの人びとが死んだ。[*1]
チェルノブイリ国際学術調査センター主任
ウラディミール・シェロシタンは

かなしい町であるチェルノブイリへようこそ！
と私たちへの挨拶をはじめた
ニガヨモギを意味する東スラヴのことばで
名づけられたこの土地は
名づけられたときからかなしみの土地であったのか
一九八六年四月二十六日
チェルノブイリ原子力発電所四号炉爆発
この日と
この日につづく日々
多くの人びとが死に
多くの人びとが苦しんでいる　さらに
多くの人びとが苦しみつづけねばならない

1　百年まえの蝶

きょうの未明に自死した二十五歳の青年がいる
離陸して高度をあげるエアバスＡ‐３１０の窓外に眼を
　やる
百年まえのそのことを思いつつ
つきぬけた雲海のうえ
ふと一羽の蝶が舞っていたと見たのは幻にちがいないが
　こたびは別れて西ひがし、
　振りかへりつゝ去りにけり。[*2]
一八九四年五月十六日未明の二十五歳の青年の思いと
一九九四年五月十六日そのことを思う者の思いと
に　架けるものはあるか
あれば何か
あれは何か
あれは蝶ではないか
エアバスの窓外に
もつれあい舞う
幻

2　五月のキエフに

古い石造りの街のなかぞらを綿毛がさすらっている

ポプラの綿毛だ
白い花をつけたマロニエ並木は石造りの街なみに似つかわしい
キエフはヨーロッパでもっとも緑に富む都市だという

五月のフレシャーチク通りを人びとは楽しんでいる
五月の夜を人びとは並木の下のベンチで語らい
人びとは並木の下の散歩道をゆったりと歩んでいる
起伏の多い道は住む人びとのこころの屈折を語っているか

坂道の底にロシア正教寺院が幻境のように現れたりする
私たちは人びとにたちまじって幻境をさすらう
夜のドニエプル川を見ようと街を

ムゾルグスキイの「キエフの門[*3]」をたずね
ウクライナの人びとが誇る詩人の名まえを私は記憶した
マロニエはシェフチェンコに捧げる花か

3　風景を断ちきるもの

国境警備員が電話で問い合わせている
私たちのマイクロバスはエンジンを止めた
ガイドのヴァーヤさんが書類を置き忘れて来たのだ
空気を抜かれたような静けさである
バスのそとで息を抜こうとする私たちは
バスの近くにいることを指示される
ありふれた一本の道が遮断されて国境である
ベラルーシとウクライナとを分ける
この道の先も後ろも一九九一年までは
ソヴィエト連邦のうちがわであって
人びとは自由に往来していた
道のうえに線がひかれているわけではないが
ありふれた一本のポールで遮断されて国境である
国境の道のうえに線がひかれているわけではないが
国境の道のうえに線がひかれているつもりで
私は片脚立ちする
飛び立とうとするこうのとりの片脚立ちの姿を

テオ・アンゲロプロスの映画の一シーンをまねて
ギリシャ・アルバニア・ユーゴスラヴィア国境地帯の
川や湖の多い映画のなかの風景と
ウクライナ・ベラルーシ国境地帯の
目前にひろがるドニエプル川支流の低地との
あまりの相似
けげんな表情で私を見る国境警備員
片脚立ちの姿から私は飛び立つことができようか
こうのとり、たちずさんで[*4]
こうのとりの巣は農家の軒先の電柱のてっぺんに
あぶなっかしく営まれていたりする
そんな風景のなかで
ウクライナ・ベラルーシ国境がC字状に接していて
ありふれた一本の道が¢字状に貫いている
ありふれた一本の道の一〇㎞たらずのベラルーシ領
それぞれの国境で出入国審査がある
私たちは境界をつくる
山の尾根に
川の中州に
湖の小島に
林をよぎって畑をよぎって
町のなかを
ブランデンブルク門のまえ
ヴィム・ヴェンダースの天使が国境を越えると
モノクロ画面はカラーにかわった[*5]
こちら側とあちら側というように
私たちが地図のうえにひいた境界は
私たちのこころにもつながっていて
私たちを差別する
私たちを難民にする
私たちを狙撃する
私たちが国境で足止めされているあいだに
牛乳缶を積んだ小型トラックが
ウクライナからベラルーシへと国境を越えていった
こともなげに
空中の放射性物質も
風にのって
幻蝶のように

4　蘇生する悪霊

目前に
写真で見なれた
チェルノブイリ原子力発電所四号炉
《石棺》
悪しき形相で
まがまがしく
コンクリート五〇万㎥と
鉄材六〇〇〇ｔとで
封じた冥王プルートの悪霊
その悪霊が蘇生
しそうだという今にも
はげしく反応する線量計
悪霊の気
計測不能
「五分間だけ」
と案内人だが
アスファルト広場
石棺観光用展望台
ではなく焼香台
足もとに埋葬されている汚染物質
五分とここにいたくはない
痛くはないが
私たちは冒されている
冒された鉄骨の残骸
赤錆荒々しく
剝離する
野ざらし
風すぎて
ここは荒涼
冒された森林
時ならぬ紅葉であったと
《ニンジン色の森》
人びとの不安の形象
伐採され
埋葬され
周辺に森林なく

ここは満目蕭条

5　《死》に身を曝す

チェルノブイリ三〇㎞ゾーンの境界にゲートがある。ゲート脇から立入禁止区域を限る鉄線を張った粗末な柵が延々とつづいている。ここまでは緑うつくしい穀物畑が視野いっぱいに広がっていたが、柵の内側は荒れるにまかせた畑に赤枯れた草が所在なげに立ちつくしている。私たちが迎えを待つあいだに、キエフ方面から三台のバスがやってきた。乗って来た人たちは別のバスに乗り換える。汚染されていないバスと汚染されているバスとをゲートを境に別にしているのだろう。さまざまな年齢の彼ら彼女らはチェルノブイリ原子力発電所で働いている人たちである。発電所やその関連施設で二週間勤務しては交替するのだという。三〇㎞ゾーンは立入禁止がたてまえだが、想像以上に多くの人たちが生活しているらしい。事故のあった四号炉に隣接する一～三号炉は稼働しているし、私たちが説明を受け、昼食をとった国際学術調査センターもゾーンの内側にある。ほかにも研究施設などがあるとのことだ。バスで五、六号炉近くを通りかかったとき、人工池で釣りをしている人たちを見かけた。昼休みの気ばらしだというが、まさか釣った魚を食べることはあるまいと思うものの、おそらく汚染されているにちがいない人工池で平気で遊んでいる様子におどろいてしまった。四号炉の《展望台》では持参した線量計のカウンターが振り切れてしまい、私たちが浮き足立っているのに、すぐそばを作業員たちが日常的なこととして通り過ぎて行く。ゾーンのなかをバスに同乗して案内してくれたのは未婚の若い女性であった。将来の出産を考えれば働くべきところではないと思うのだが、そのことはわきまえていて勤務しているのだそうだ。バスの車窓からは、廃屋となってしまった農家、家畜舎、徒長した果樹の枝、いつのものなのか畑の取り付け道路に刻まれているトラクターの轍などが見え、こころ傷む情景であった。強制退去させられた農民のなかには村に戻って暮らしている人たちが老人を中心にいて、なかば黙認されている。三百五十家族が住んでいたパールシェフ村の人たちも退去させられたが、戻ってきたのはもっとも多いときで百七十人、今は百九人が暮らしているという。七十八歳のマーリア・プーリカさんもそのひとりである。事故のまえに夫と死別し、避難したときはアパートのようなところに酒飲みの男二人と同居させられた。がまんできず三カ月後に戻ってきた。自分は老人なので死ぬのはこわくないと私たちに語った。事が起こると普通の生活を維持できなくなるのが普通の人たちである。普通の人たちが生きるためには《死》に身を曝さねばならない。

6　神隠しされた街

四万五千の人びとが二時間のあいだに消えた
サッカーゲームが終わって競技場から立ち去った
のではない
人びとの暮らしがひとつの都市からそっくり消えたのだ
ラジオで避難警報があって
「三日分の食料を準備してください」
多くの人は三日たてば帰れると思って
ちいさな手提げ袋をもって
なかには仔猫だけをだいた老婆も
入院加療中の病人も
千百台のバスに乗って
四万五千の人びとが二時間のあいだに消えた
鬼ごっこする子どもたちの歓声が
隣人との垣根ごしのあいさつが
郵便配達夫の自転車のベル音が
ボルシチを煮るにおいが
家々の窓の夜のあかりが
人びとの暮らしが
地図のうえからプリピャチ市が消えた
チェルノブイリ事故発生四〇時間後のことである
千百台のバスに乗って
プリピャチ市民が二時間のあいだにちりぢりに
近隣三村をあわせて四万九千人が消えた
四万九千人といえば

私の住む原町市《はらまちし》の人口にひとしい
さらに
原子力発電所中心半径三〇kmゾーンは危険地帯とされ
十一日目の五月六日から三日のあいだに九万二千人が
あわせて約十五万人
人びとは一〇〇kmや一五〇km先の農村にちりぢりに消え
た
半径三〇kmゾーンといえば
東京電力福島第一原子力発電所を中心に据えると
双葉町《ふたばまち》　大熊町《おおくままち》　富岡町《とみおかまち》
楢葉町《ならはまち》　浪江町《なみえまち》　広野町《ひろのまち》
川内村《かわうちむら》　都路村《みやこじむら》　葛尾村《かつらおむら》
小高町《おだかまち》　いわき市北部
そして私の住む原町市がふくまれる
こちらもあわせて約十五万人
私たちが消えるべき先はどこか
私たちはどこに姿を消せばいいのか
事故六年のちに避難命令が出た村さえもある
事故八年のちの旧プリピャチ市に

私たちは入った
亀裂がはいったペーヴメントの
亀裂をひろげて雑草がたけだけしい
ツバメが飛んでいる
ハトが胸をふくらませている
チョウが草花に羽をやすめている
ハエがおちつきなく動いている
蚊柱が回転している
街路樹の葉が風に身をゆだねている
それなのに
人声のしない都市
人の歩いていない都市
四万五千の人びとがかくれんぼしている都市
鬼の私は捜しまわる
幼稚園のホールに投げ捨てられた玩具
台所のこんろにかけられたシチュー鍋
オフィスの机上のひろげたままの書類
ついさっきまで人がいた気配はどこにもあるのに
日がもう暮れる

鬼の私はとほうに暮れる
友だちがみんな神隠しにあってしまって
私は広場にひとり立ちつくす
デパートもホテルも
文化会館も学校も
集合住宅も
崩れはじめている
すべてはほろびへと向かう
人びとのいのちと
人びとがつくった都市と
ほろびをきそいあう
ストロンチウム九〇　半減期　二九年
セシウム一三七　半減期　三〇年
プルトニウム二三九　半減期二四〇〇〇年
セシウムの放射線量が八分の一に減るまでに九〇年
致死量八倍のセシウムは九〇年後も生きものを殺しつづける
人は百年後のことに自分の手を下せないということであれば
人がプルトニウムを扱うのは不遜というべきか
捨てられた幼稚園の広場を歩く
雑草に踏み入れる
雑草に付着していた核種が舞いあがったにちがいない
肺は核種のまじった空気をとりこんだにちがいない
神隠しの街は地上にいっそうふえるにちがいない
私たちの神隠しはきょうかもしれない
うしろで子どもの声がした気がする
ふりむいてもだれもいない
なにかが背筋をぞくっと襲う
広場にひとり立ちつくす

7　囚われ人たち

キエフ小児科・産婦人科研究所の病院に入院している子どもたちに会って、ウクライナとベラルーシの子どもたちは囚われ人なのではあるまいかという思いをいだいた。医師と異国人とが通訳を介して自分たちを話題にしているその片言隻句のなかから、自分の貶《おとし》められている不条理な状況についての情報を読みとろうと、子どもたちは注意力を集中している様子であった。子どもたちはおとなが思い込んでいるよりはるかに真実の核心にせまって正しい理解に達しているものである。私は子どもたちのそんな様子を見ながら、半世紀まえのフリョーラとグラーシャのことを思い出していた。ふたりは、一九四三年にドニエプル川の上流であるベラルーシの小さな村でおこなわれたナチスの犯罪を告発した映画「炎／６２８」[*6]のなかの少年と少女である。かつて私はこのフリョーラとグラーシャのことにふれて「冬に」という詩を書いた。

冬に[*7]

北へ十二月下旬
枯れがれの雑木林
定着液にどっぷりつかった風景
そこひを病んでいる想像力
動き出そうとするものはないのか
小さな途中駅で
左脚をわずかにひきずる娘が乗車した
ぼくのまえの座席に腰をおろした娘は頬骨がやや
　張って
グラーシャに似ている
眼のあたりや唇も
白い笛をくわえたグラーシャは内腿を
血に染めて丘を下って来る
フリョーラのまえに脚をひきずって来る
フリョーラの眼は人間の歴史と世界の全体とを見
　すぎてしまって
白ロシア共和国ハトィニ村一九四三年にいて少年
　とは思えない皺を顔に刻んだ
一九四五年からほんとうに信じていいものをなく
　してしまった
のではないかぼくも
行き場を失って吹き寄せられたように
街角に若者たちが群がっている

ぼくは詩集を一冊買った
ハトィニ村は一九八六年四月チェルノブイリの風
　下ではなかったのか
夜　新しい年のカレンダーを床にひろげルーペで
　人の姿を捜す
一月サンモリッツ　人の姿なし
二月ルツェルン　人影なし
何月に人に逢えるのか
三月ツェルマット　いない
四月モントール　うずくまっている人の姿がある
　ようにも見える
ルマン湖の桟橋に

映画のなかの表情だからそれはつくられたものであることは承知したうえで、フリョーラの表情を私は忘れることはない。この世紀ほど子どもに対してむごい仕打ちをし、しつづけている時代は過去になかったにちがいない。それもこの世紀のほぼ後半のことだ。無差別爆撃、核爆弾の投下、強制収容所での虐殺は言うまでもない。日々のくらしの裂け目に陰湿な露頭を見せる。この世紀はつぎの世紀を生きる子どもたちに何を寄託しようとしているのだろう。ウクライナ医学アカデミー付属キエフ小児科・産婦人科研究所の病院にいる子どもたちに会いながら、すべての子どもたちは囚われ人なのではあるまいかという思いに至った。

8　苦い水の流れ

冬ふりつもった雪を融かし
天からの恵みの水を集め
五月のドニエプル川の支流は
自然堤防を越え
ふくらみあふれ
見渡すかぎりは田植えられたばかりの水田のように
たっぷりと水を湛えている
沃土が熟成されている
広大なドニエプル川の流域

ウクライナだけではなく
ロシアやベラルーシもその水源にして
プリピャチ川が合流するあたりに
チェルノブイリがある
上流から三分の一のあたり
セシウム一三七による汚染地図をひろげると
上流三分の一地域が彩色されていて
苦い水を川におし流している
チェルノブイリ一〇kmゾーン内の
ニガヨモギが茂る土饅頭の下に
八百の土饅頭の下に汚染物質が葬られている
八百の土饅頭が地下水を苦い水にかえている
《石棺》がひびわれはじめたと
熱と重みによって地盤の状態は危機的だと
発電所の人工池から水はプリピャチ川に流れ
プリピャチ川はドニエプル川に流れ
ゆたかなドニエプル川は苦い水を内蔵して流れゆく

9　白夜にねむる水惑星

厚い水蒸気膜にくるまれて
水惑星は眼下に沈んでいる
東に向けての孤独な飛行
モスクワ午後八時離陸の旅客機は
太陽を左手に定め
時を停め
浮遊しているかのようだ
ここは白夜で
夕陽はそのまま朝の光を放ちはじめる
よどんだ夜の地表を
川は流れつづけているだろう
一日のはじまりをまえに
人びとは不安なつかのまのねむりに沈んでいるだろう
夢のなか蝶は舞っているだろうか
窓外に蝶はいない

エピローグ　かなしみのかたち

東京国立博物館で国宝法隆寺展をみる

日光菩薩像をまえ
に　ウクライナの子どもたちを思った
いまさらのように気づいた
ひとのかなしみは千年まえ
も　いまも変わりないのだ
そして過去にあった
ものは　将来にも予定されてあるのだ
あふれるなみだ
あふれるドニエプルの川づら
あふれる苦い水

注　この連詩は、一九九四年五月十六日から二十日までのあいだチェルノブイリ福島県民調査団に参加して得たものである。

＊1　「ヨハネ黙示録」第八章10、11。ただし、原意をそこなわない程度に語句の一部を改変した。

＊2　北村透谷「雙蝶のわかれ」部分。(『透谷全集』第一巻)

＊3　ムゾルグスキイ「展覧会の絵」のなかの曲名。

＊4　テオ・アンゲロプロス監督作品「こうのとり、たちずさんで」(一九九一年・ギリシャ)

＊5　ヴィム・ヴェンダース監督作品「ベルリン・天使の詩」(一九八八年・西ドイツ・フランス)

＊6　エレム・クリモフ監督作品「炎／628」(一九八五年・ソ連)

＊7　『'88　福島県現代詩集』初出。

参照したおもな図書
・松岡信夫『ドキュメント　チェルノブイリ』(一九八八年・緑風出版)
・広河隆一『チェルノブイリ報告』(一九九一年・岩波新書)
・アラ・ヤロシンスカヤ『チェルノブイリ極秘』(一九九四年・平凡社)

いくつもの川があって

夜のドニエプル川を見よう
街灯の暗い坂道をのぼったり

街灯のすくない坂道をくだったり
忽然浮かぶアンドレイ教会
教会のあたりから黄泉《よみ》の夜道へさまよい歩く
さまよいましょう
ウラジーミルの丘をさまよったのか
ピオネール公園をさまよったのか
黄泉の夜道をさまようほどに
ドニエプル川はいっそう遠のく
見えないドニエプル川は川幅を増し
見えないドニエプル川は水かさを増し
黒ぐろといっさいをのみこんで
わたしはのみこまれ
胎内めぐりに身を任す
さまよいましょう
夜の川を見ようという気になったのはなぜ
川岸への道を見つけてさえいたら
暗い川面を漂い流れるわたしに出会えたか
al Berkah（祝福《アルベルカ》）の間の壁面に映る

al Beerkah（貯水池《アルベールカ》）の中庭の池の波がつくる光と影

アルハンブラ宮殿の壁面に映る光と影の揺らめきをぼんやり眺めていると、四十歳ほどの男が「日本人ですか」と話しかけてきた。

聞くと、フィンランドでの生活が二十年になること、土地の女性と結婚していることを話し、「あれと一緒です」と、やや離れたところにいる女性を示す。

妻がおととし、フィンランドとバルト三国を旅行し、いたく気に入って帰ってきたことを言うと、「それはよかったですね」と応じた。

とりとめのない日本語の破片があたりに散らばった。その破片に木漏れ日が注いだり、影が落ちたり。

立ち去ってゆく男の姿に哀愁のようなものを感じたと言えば、でき過ぎか。

al Beerkah の水がつくる光と影が

al Berkah の壁に映ると
〝e〟がひとつどこかへ隠れてしまう
隠れてしまったのは〝e〟の音だけ？
男もフィンランド人の妻とともに al Berkah の壁の陰に
　隠れてしまった
al Berkah の壁に映る光と陰
その揺らめきをぼんやり眺めている

五月のヨーロッパをポプラの綿毛が飛んでいる
ウクライナ平原の空から
クラコフやプラハのほうへ
ベオグラードやサラエヴォのほうへ
ちいさな種子をはこんで
夏の雪が飛んでいる

地雷が仕掛けられた地球
地雷原をポプラの綿毛が飛んでいる
五月の地球にちいさな種子をはこんで
気まぐれに放射性物質もはこんで

地雷が爆発するとき地球は自爆するかのよう

　ドナウ川流域を旅していた一九九九年三月、二十四日はブラチスラヴァに滞在していた。その夜、五百キロ離れたベオグラードをＮＡＴＯ軍が空爆した。翌二十五日朝のテレビから〝EUROPE IN WAR〟という文字が目にとびこんできた。この日、スロヴァキアのコマルノから国境のドナウ川を越えて、ハンガリー側のコマロムへ入国するとき、きびしい警備がおこなわれていて、特に個人旅行者への対応が通常より厳重だということだった。一方で、土地の人たちは国境の橋を徒歩や自転車、乗用車などで普段どおりに往来している様子だ。国を別にしてはいるがコマルノとコマロムとはドナウ川をはさんだ隣町という関係である。それが、二十七日にハンガリー側のショプロンとオーストリア側のクリンゲンバッハとのあいだではいっそう厳重で、国境警備員がバスに乗り込みひとりひとりの顔とパスポートの写真とをしげしげと見くらべて照合し、トランクルームも開けて検査するのだった。ヨーロッパの国境は緊張していた。二十六日、ブダペシュトの地下鉄駅でマジャール語の新聞を手に入れた。トップ記事の見出しは“A NATO Kitartóan bombáz”とあった。Belgrád, Küld, Jugoszláviába, Milosevic, などの固有名詞やbombázták といったことばを目で拾うだけだが、状況を読みとろうとつとめる。ブダペシュトはベオグラードから三百キロだ。二十八日午後、ウィーンのヘルデン広場ではセルビア人たちが反NATOの集会をしていた。夜九時になろうとする時刻、シュテファン大寺院まえからケルントナー通りをデモ行進している彼らにふたたび出会った。ドナウ本流に面したホテルに戻るため、市電21番から降りると、黒ぐろといっさいをのみこんで流れるドナウの上空には火星が血に染まった不吉な色でつよい光を放っていた。ドナウ川はこのウィーンから、旅をしてきたブラチスラヴァ、ドナウ・ベント、ブダペシュトへと流れ、さらに下ってベオグラードに至るのだ。そこでは今夜も空爆が続いているはずである。

ウミサボテンは触れられると緑色に発光する
ホタルイカももちろんホタルも
発光する生きものはうつくしくかなしい
発光する地球も

夕暮れがた
トゥル　トゥル　トゥルと電話があって
和合さんかな　ちがうな
三十年まえの友だちの声が聞こえてくる
え？　ノンちゃん？
ノンちゃんなの？

ヴェランダの支柱の穴をモズが巣にしている
雛鳥がいるらしくひっきりなしに出入りしている
タンポポの綿毛がひっきりなしに飛んでいる
隣家の孫が大きな声を出している

脳腫瘍を手術した母親の世話をしに娘が子連れで里帰り
　している
きのうは湿度が高かった
今日の空気は乾燥してひんやりする

ヘレス・デ・ラ・フロンテーラには
水と影、影と水。
なんてロルカが言ってたっけ

FEDERICO GARCIA LORCA のそれぞれの名前のなかに
〝RC〟を隠しているのを知ってる?
ロルカはもちろん知ってたはず
ロルカにとっての〝RC〟とはなんだったろう
世界にとっての〝RC〟とはなんだったろう
ロルカが殺されたオリーヴ畑はどこ?
ロルカの死体が隠されたオリーヴ畑はどこ?

石ころだらけのオリーヴ畑のなかをバスが行く
草が生えていない礫土

地球には草も生えない礫土が多い
そんな風景の底から
水音が聞こえて来はしないか
せせらぎと聞こえたのは幻聴か
ひとの話し声と聞こえたのは幻聴か
地球には草も生えない礫土が多い

そんな風景の稜線で断ち切られたむこうから
はじめは布包み
つづいて布包みを載せた頭
そして布包みを頭に載せたひとの上半身
やがて布包みを頭に載せたひとが全身をあらわし
家財のいっさいを頭に載せたひとがたったひとり
ゆっくり近づいてくるのだった
その背後に見えない数万のひとびとが目的地も定めずに
　歩きつづけている
わたしは道端に座りこんで
ただ眺めているしかできない
目的地も定めずに歩きつづけているひとびとを

地球には草も生えない礫土が多い
そんな礫土にひとの血が染みこんでいる

雪が降り敷いたその町は傾斜地にあって、一本道のいちばん高い場所からはじめて町全体を眺めたとき、ここに住んでここで死んだ男にわたしは待たれ続けていたことを理解した。

男は店先に椅子を出して座り、待った。坂道のいちばん高い場所に姿をあらわしたわたしが坂道をゆっくり下ってきて男に気づき声をかけるのを、男は待って、椅子に座ったまま一日を過ごした。

その一日が何年も続いた。

その何年ものあいだ、坂道のいちばん高い場所にわたしが立ち、そこから坂道をゆっくり下って男に近づき声をかけることはなかった。

男は死んだ。

男の葬式の日、一本道の町に雪が降り敷いていた。

白い坂道のいちばん高い場所にわたしははじめて立った。

わたしはこの白い町に遅れてきたことを理解した。

なにがあって
なにがなかったの？
そして
これから
なにがあるの？

なにをして
なにをしなかったの？
そして
これから
なにをするの？

海のほうで
トゥル　トゥル　トゥルと電話が鳴っている
だれを呼んでいるのだろう

泥と水
視界のかぎり
気圏の高みから俯瞰する河口の沖積州
茫茫の果てまで
ただ泥と水

茫茫の果てまで
泥と水のほか
存在するものの気配なく
はじまりの世界か
終わりの世界か
静まりかえって
ただ泥と水

はるか上流にバグマティ川と名付けられた支流があって、その河畔にパシュパティナート寺がある。ヒンドゥ教徒は、水辺のガートで朝に沐浴し、昼に洗濯し、アスマサーンで夕べに荼毘《だび》にふされる。バグマティ川はヒンドゥ教徒の骨灰、からだの汚れ、排泄物、そして生きたことのいっさいを川下へ運び流す。そのまた上流の岸辺にラマ教徒のタルチョーが風にはためいている。多くの支流を集めて、ガンガーと呼ばれる大河のほとりはさまざまな人であふれている。仏教徒が香を焚いている。キリスト教徒が聖餐を受けている。イスラム教徒が経典を朗唱している。人びとの骨灰やからだの汚れ、排泄物、そして生きたことのいっさいを併せ呑みこんで、ガンガーは河口の沖積州へと運ぶ。

バグラマティ川の浅い流れのなかに燃えさしの薪がひっ
かかっている
パシュパティナート寺の火葬場
荼毘の炎と煙は空に
骨と灰とは
バグマティ川の浅瀬に
川の瀬も鳴る成瀬川
またの名前を人首川

V字谷を遡って
母の里　米里村人首
ひとかべ
わが幻のハイマート
鬼首《おにこうべ》という地名もあるのだから
人首があって不思議はない
人首から姥石峠を越え
黄泉の夜道をさまようほどに
尾崎
脚岬
首崎
行きつく先は
死骨崎
さまようものも漂着するか！
あらゆるものがうち揚げられて
なにがあって
なにがなかったの？

混沌たる泥と水
混沌たる泥と水
ただなかに身を沈める
感応してくるものはないか

泥と水のなか
わたしは分解される
わたしのなかに
泥と水が浸透してくる
わたしは泥と水になる
泥と水になったわたしは
産みだせるか
なにかを

渺渺たる水
光をはじいてかがやく
渺渺たる泥
光をはらんでかがやく

光と影
水と影
影と水
泥と水

トゥル　トゥル　トゥルとどこかのだれかの電話がふるえている
受けとるひとのいない電話は空気をいつまでもふるわしつづけている

第五詩集『年賀状詩集』（二〇〇一年刊）より

一九九六年

唯之與阿《いとあと》、相去幾何《あいさることいくばくぞ》。
返事はハイでもアアでもいいじゃない
との、古人のことばにうなずくのみ。
星のまたたきに宇宙の声は聴けないか。
木々のそよぎに大地の声を聴けないか。

＊「唯之與阿、相去幾何」（『老子』第二十章）

一九九七年

古人は「無状之状、無物之象」を発見した。
かたちのない状《かたち》、ものの次元を超えた象《もの》。
そのような象《もの》があって、
わたしたちの宇宙が形成され、
わたしたちの惑星が運行して、
ことしの春の花芽がふくらんでいる。

＊「無状之状、無物之象」（『老子』第十四章）

一九九八年

大象無形。大象はかたちなし。
至大のものは非定形《アンフォルム》。
未明の空の星々も
至大のもののほんの端っこ。
尼泊尓《ネパール》の南天に寿老人《カノープス》あり。
尼泊尓《ネパール》の地上に野良牛あり。

＊「大象無形」（『老子』第四十一章）

一九九九年

故物《ゆえにものは、》。或行或随《あるいはゆきあるいはしたがい》。
存在のかたちはさまざまだ。
ひとりで行くものがあれば、
人について行くものがある。
人を楽しませるために咲く
のではないと野の花が言った。
地球の軌道をよぎるほんのつかのま
その存在を示す流星もある。

＊「故物。或行或随」（『老子』第二十九章）

二〇〇〇年

恍兮《こうたり》惚兮《こつたり》。其中有物《そのなかにものあり》。
ほの暗く定まっていないなかに
なにものかが実在している。
これは古人のことば。
惚けた意識のなかから
惚けた世界のなかから
起ちあがってはこないか
なにものかが。

＊「恍兮惚兮。其中有物」（『老子』第二十一章）

第六詩集『越境する霧』（二〇〇四年刊）より

やがて消え去る記憶

その朝を祖父母の家でむかえた
居間の茶箪笥のうえのラジオが同じことばをくりかえす
掃除のために戸が開けはなたれる
室内の暗さに慣れた眼にまぶしい外光
快晴だ
夜半に降り積もった雪が朝の光を乱反射している
　大本営海軍部発表　帝国陸海軍は今八日未明西太平洋において米英軍と戦闘状態に入《い》れり
居間の茶箪笥のうえのラジオが同じことばをくりかえす
暗い室内
まぶしい外光
人はなにをどのように記憶するか

その正午を自分の家でむかえた
居間の茶箪笥のうえのラジオが奇妙な抑揚のことばを発している
天皇のラジオ放送があるというので母と座っている
　朕深ク世界ノ大勢ト帝国ノ現状トニ鑑ミ非常ノ措置ヲ以テ時局ヲ収拾セムト欲シ……
母がひとこと「戦争に負けた」と言った
戸外に出ると
室内の暗さに慣れた眼にまぶしい外光
快晴だ
八月の真昼の光が地上のものすべてを白く灼いている
暗い室内
まぶしい外光
開戦の日の記憶がまえぶれもなくそのときよみがえった
三年以上もひそんでいた六歳の記憶がかえってきた
人はなにによってどのように記憶をよび戻すか

一九四一年十二月八日朝に耳にし眼にしたことがらをなぜ記憶したのか
一九四五年八月十五日正午に一九四一年十二月八日朝に記憶したことがらをなぜ再生したのか

一九四一年十二月八日朝のことがらと一九四五年八月
　十五日正午のことがらとをなぜ記憶は結合するのか
六歳と十歳の記憶
ふたつの記憶の場所はいまともにあとかたもない
ふたつの記憶は細部までいまもともに鮮明である
ふたつの記憶の意味をいまも問いつづける

だが　それほどのちではないいつの日か
ふたつの記憶はわたしの肉体から離れ
だれも知るもののいない宇宙の底の
記憶の墓場をただようだろう
戦死した兄の無念の記憶とからみあったりしながら

あるべきでないうつくしさ

上空からずしりとからだに迫る飛行機音
防空壕のそとで「B29だ」と叫ぶ声
入口からのりだして仰ぎ見る
晴れわたった空に十機あまりのB29爆撃機
誇らしげにゆったりと編隊は頭上を北へ向かっている
異界《ヘテロトピア》からの飛来物が光をはじいている
十歳の目を魅惑し夢想へと誘いこむもの
光をまとって北へ向かううつくしいかたち
花巻空襲は一九四五年八月十日
敗戦まであと五日
殺される理由のない人びとの死がさらになおかさなる

一カ月まえには南の夜空が赤あかと染まった
「仙台が空襲だ」とふれながら走って行く人がいる
百キロあまり離れた仙台が燃えているらしい
途方もなく大きな火災だ
燃える夜空があやしくうつくしい
あるべきでないうつくしさを見つづける

死んでしまったおれに

ジョー・オダネル撮影「焼き場にて、長崎*」のために

おれだ
おれが写っている
と
写真を眼にした瞬間
国民学校初等科四年のおれだ
と

正面前方に視線を据えている
一文字に口を結んでいる
丸刈りの頭
指をぴしっとそろえ
その中指は半ズボンの両脇の縫い目に沿わせている
はだしの踵をそろえ
つま先びらきに立っている
おれたちがからだにたたき込まれた姿勢
〈気を付け〉の姿勢

にはちがいないが
少年は上体をやや前傾させている
腰をわずかに折って
これは〈礼〉の姿勢だ
〈礼〉の姿勢の背中に弟
少年は弟を背負っている
背負い帯でしっかりと背負っている
弟は首をのけぞらせている
弟は兄の背中ですでに息絶えている

死んだ弟を背負った少年のまなざしを見たか
かなしみに耐えている少年のまなざしを見たか
かなしみに耐えつつ視線は前方に据えられている
かなしみに耐えつつ視線はなにに向けられているのか
なにに対しての〈礼〉なのか

地上に死があふれ
生と死とが入りまじり
生と死とが背中あわせで

兄と弟とが一枚の布をさかいに
生と死とに別れ
兄と弟の生と死とが入れかわっても
死神はみずからのまちがいに気づくはずもなく

地上に死者があふれ
折り重ね積みあげられ
死者は荼毘のほのおに包まれる
ほのおが少年の頬をほてらす
父や母であり兄弟であり友人であるかもしれないおびただしい死者たちへの
少年自身であるかもしれないおびただしい死者たちへの
〈礼〉は別れの挨拶である
かろうじて死をまぬがれた者からの挨拶である

少年は背負い帯をほどき
弟を背中からおろし
やがて
ほのおをあげて燃える弟を
少年自身であるかもしれない死者を
かなしみに耐えつつ記憶する

おれだ
十歳のおれが写っている
と
写真のなかの死者であるおれに対し
かろうじて生き残った者からの挨拶を返す
挨拶を返しつつ
半世紀を経たいまも
世紀を新しくするいまも
あの少年のかなしみが存在する地上の現実を

＊ジョー・オダネル写真集『トランクの中の日本』（一九九五年・小学館）九七ページ所収。一九四五年、戦後の長崎。川岸に設けられた遺体焼き場にやって来た、背中に死んだ幼い弟を背負った十歳ほどの少年を撮影した写真。

[redacted]、[redacted]、[redacted]。

夏、日本は戦争に負けた。

秋、わたしたちは教科書を墨で塗りつぶした。

　昭和二十年九月二十日付、文部次官通牒「終戦ニ伴フ教科用図書取扱方ニ関スル件」は「削除スベキ教材又ハ取扱上注意ヲ要スル教材ノ一例」として、『初等科国語四』（四年用下巻）については全二十四課のうち九課を挙げている。

　たとえば、二十六ページからの「観艦式」は全文削除だ。

帝国の艦艇《かんてい》、おお、その勇姿。[redacted]、[redacted]、[redacted]。
第一列から第五列まで、[redacted]、
旗艦長門《ながと》以下百数十隻、[redacted]、
さんさんと秋の日をあび、[redacted]、
今日、おごそかに観艦式。[redacted]、[redacted]。
皇礼砲二十一発、[redacted]、
御召艦比叡は進む、[redacted]、
巡洋《じゅんよう》艦高雄を先導に、[redacted]、
加古・古鷹《ふるたか》を従へて、[redacted]・[redacted]、
マストに仰ぐ[redacted]
天皇旗、ああ、天皇旗。[redacted]、[redacted]、[redacted]。

（「観艦式」の一部）

教師はきのうとおなじ顔と声でわたしたちに指示する。
なんページにもおよぶ長い教材は肥後守で剪《き》りとった。
春、家の空地に蒔くよう学校で配られたヒマが、秋、
　実った。
軍艦や戦車の燃料になるはずだったヒマの実の回収など、
　教師たちは忘れてしまったようだ。
わたしは、百数十粒の実を床に五列に並べた。帝国海軍
　艦艇の観艦式だ。
それから、ヒマの実を力いっぱい両手で払いとばした。

　さらに、昭和二十一年一月二十五日付、文部省教

科書局長通牒「国民学校後期使用図書中ノ削除修正個所ノ件」中の「国民学校後期使用教科書削除修正表」によれば『初等科国語四』の場合、削除・修正の対象にならなかった教材は全二十四課のうち、わずか五課にすぎなかった。

教科書はずたずたになった。

わたしもずたずたにされた。

きのうの真がきょうの偽であるとはどういうことか。
きょうの真はあしたの偽であるかもしれないのか。
十歳のわたしは、
あるひそかな決意をした。

＊資料　和田多七郎『ぼくら墨ぬり小国民——戦争と子どもと教師』（太平出版社・一九七四年）
山中恒『勝利ノ日マデ——ボクラ小国民第五部』（辺境社・一九八〇年）

万人坑遺址所懐

幾重にも重なりあって
おびただしく
尸骨《しこつ》累々
これは墳墓ではない
死者への礼を尽くして葬ったのではない
屠戮《とりく》された人びとの尸骨おびただしく
戡殄《かんてん》された人びとの尸骨重畳
無念の尸骨重なりあって
南京城外江東門万人坑遺址は
侵華日軍南京大屠殺遇難同胞紀念館内に
原状保存されている
万人坑遺址をガラス越しに見ていると
中国人の団体が入ってきた
わたしと反対側のガラス越しに見ている
大きな話し声が館内に反響する
人びとの姿と尸骨とがガラスを透過したり
人びとの姿と尸骨とがガラスに射影したり

人びとの姿と尸骨とがガラスの向こうで重なりあって
人びとの姿は尸骨からゆらめき昇る冥魂のようで
人びとの話し声は地底からの死霊のそれのようで
幽鬼蹌踉《ゆうきそうろう》
鬼哭啾々《きこくしゅうしゅう》
わたしに迫ってくるようで

わたしの知らないことばを話しながら
人びとはわたしをとり囲み
人びとはわたしを置き去りにし
人びとは奥へとすすんで行った
わたしのまえの万人坑遺址
これは墳墓ではない
戮殄された無念の尸骨
ゆらめき昇る冥魂が見える
啾々と哭く声が聞こえる

連詩　霧の向こうがわとこちらがわ

1　ジェラゾヴァ・ヴォーラの空

日陰のベンチを選んで待つ
マロニエ
ニセアカシア
野いばら
花ばなのあいだをたわむれてきた風
頬にここちよく

五月のヨーロッパをポプラの綿毛が飛んでいる
ウクライナ平原の空からも
クラコフやプラハのほうへ
ベオグラードやサライェヴォのほうへ
ちいさな種子をはこんで
夏の雪が飛んでいる
白壁に蔦がはうショパンの生家の庭にも
ささやかな演奏会場である庭にも

ピアニストはアレクサンダー・ガヴリリュク
ショパンが祖国を離れた年ごろの青年
隣国ウクライナ嘱望の俊才だ
最初の演奏曲は「幻想曲　ヘ短調」作品49
その主旋律を中田喜直は「雪の降る町を」に借用したよ
　うだ
五月の空は青く
ワルシャワ郊外ジェラゾヴァ・ヴォーラ村を
雪ならぬポプラの綿毛が飛んでいる

演奏にあわせるかのよう
空の高みから雲雀の声
ブラウニングなら〈The lark's on the wing;〉*
上田敏なら〈揚雲雀なのりいで、〉
そして
〈God's in his heaven……
　All's right with the world!〉
と結ぶのだが

ほんとうに今ここは〈事もなし〉なのだが

ヨーロッパのここかしこから
さまざまな人びとが思いおもいに
東洋の韓国や日本からも集い
それぞれの思いをいだいて
「バラード」に耳を傾けている
「スケルツォ」を愉しんでいる
犬を散歩させる人が庭先をよぎって行く
日常を離れた非日常にいて
非日常に日常がまぎれこんで
日常の厚みのようなものを見せて
「ポーランド風舞曲《ポロネーズ》」をＢＧＭに見立てるかのよう
自転車の少女が庭先を通りすぎて行く

ほんとうに今ここは〈事もなし〉なのだが
この瞬間この場所だけのことかもしれない
幻景を見ているにすぎないのかもしれない
演奏されているピアノ曲も幻聴で

花ばなのあいだをたわむれてきた風と
五月の青い空を飛んできたポプラの綿毛と
たしかなのはこうしたものだけかもしれない

＊R・ブラウニング「ピパの唄」。上田敏『海潮音』では「春の朝」と訳されている。

2　ゲットー英雄記念碑のレリーフ

北緯52度の地にようやく訪れた短い夏の、はじめての日曜日を楽しもうと、同じワルシャワ市内でも、ワジェンキ公園は市民で賑わっていた。公園内の小径をそぞろ歩く家族づれ、ショパン像が見える芝生で語りあう恋人たち、池に浮かべたボートで水とたわむれ遊ぶ子どもたち。くりだしてきた音楽隊のパレードが、初夏という季節がかもしだす祝祭的な気分をいっそうもりあげる。

一方で、無名戦士の墓があるピウスツキ広場や、ワルシャワ蜂起記念碑があるクラシンスキ広場などでは、市民の姿をほとんど見かけないのだった。近所の住人が散歩をすることがあっても、一般には、特別の行事でもなければ、出かけてゆくところではないということだろう。記念碑の群像のなかに、地下水道のマンホールから出ようとしている若者の像もあって、ワイダの映画の一場面が思い出された。鉄格子が塞ぐ排水溝口から見えるヴィスワ川のかがやき。

ワルシャワ大学構内、旧王宮、王宮広場から旧市街、バルバカン、キュリー夫人生家のあたりは、観光客がいっぱいだ。ミサの邪魔にならないよう、ショパンの心臓が石柱に納められているという聖十字架教会からはすぐ外に出た。

ガイドのアンナさんに、ゲットー英雄記念碑を見たいと言ったら、寄りましょうということになった。

記念碑まえの広場では、儀式が始まったばかりだった。広場でガイドブックや絵はがきなどを売っている男に、アンナさんが聞いたところでは、研修視察をしているイスラエルの警察官の一団らしい。なるほど、全員がそれらしい服装である。広場わきの木陰にベンチがあって、十人ほどの市民がくつろいでいたが、警察官の儀式には無関心の様子だ。アンナさんが説明をしているあいだに、同行者たちから離れ、わたしはひとり記念碑のうしろに廻った。

埴谷雄高は、『姿なき司祭――ソ聯・東欧紀行』(河出書房新社・一九七〇年)で「ワルソー・ゲットー」の章に、この記念碑のことを書いている。

自動車からまず見えるこの記念碑の面は裏側を示していて、その裏側にはめこまれた横長の鉄のレリーフの群像を近づいて眺めると、このゲットーに収容されたひとびと、老いたものも幼女も腰をまげ、首うなだれて、或いは、悲しみの顔を覆って、魂までうちひしがれて歩んでいるさまが描きだされており、そこからさらに表へ廻ると、表側の正面にはめこまれている縦長のレリーフは、裏側のそれとはまったく異なって、すべて、昂然と顔を前にあげた若者や壮年の男子の群像が彫られており、それはゲットーにおける長い悲哀の屈従のあとの抵抗とやがて最後にくる蜂起を示しているごとくなのであった。(一二一～一二二ページ)

現在、嘗てのワルソー・ゲットーの跡には、薄ら寒い夏の風に吹かれながら高い大きな石の記念碑がたっていて、台地をかこんで立っている数本の樹の葉々が絶えずそよいでいる広い白い敷石の上を俯向きがちに歩いていると、すでに記した歴史の皮肉のほかに、また、嘗て「国家」をもつことなく、ひとつの全的被殺戮存在としてただひたすら歴史のなかで生命を失いつづけてきたユダヤ人達が、いまや、「国家」をもって他の生命を奪いはじめる事態にいたった歴史の新しい大きな皮肉にも思いいたらざるを得ないのであった。広い白い石畳の台地のはしからはしへ俯向いて歩きながら、私は、時折、昂然と顔をあげた若者や壮年の男子の群像のレリーフが正面に眺められる大きな高い記念碑を見あげて、その裏側に彫られている首うなだれ、顔を覆って、魂までうちひしがれて歩いている老女や幼児の群像を思いやるのであった。(一四三ページ)

『姿なき司祭――ソ聯・東欧紀行』の一四四ページと一四五ページのあいだには、埴谷雄高が撮影した記念碑の正面の写真が口絵として挿入されている。だが、この碑についての埴谷の関心の比重は、うしろのレリーフに向けられていたことはあきらかだ。この文章を読んで以来、わたしは、碑のうしろのレリーフを見たいものだと思ってきた。

わたしは、イスラエルの警察官たちを横目に、木陰のベンチでくつろいでいる市民のまえを通って、記念碑のうしろに廻った。

埴谷は、正面からこの記念碑に近づいたのではなく、裏がわを最初に眺めている。どうやら、人には、ものの表がわしか見ることができない人と、ものの裏がわも見ることができる人とがあるらしい。埴谷雄高はものの裏がわも見ることができた人であった。そういう人は、ゲットー英雄記念碑を見に行っても、〈英雄〉のがわではなく、〈魂までうちひしがれて歩いている老女や幼児の群像〉のがわを最初に見てしまうのである。精神形成期である幼少年期を植民地台湾で育ったことによって、台湾人を人間扱いしない日本人をしばしば目撃し、子どもながらに日本人であることを耐えがたいことと意識したというのが、埴谷雄高の最初の自己認識だった。このようにして育まれた世界観が、彼をものの裏がわも見ることができる人にしたのだろう。

〈嘗て「国家」をもつことなく、ひとつの全的被殺戮存在としてただひたすら歴史のなかで生命を失いつづけてきたユダヤ人達が、いまや、『国家』をもって他の生命を奪いはじめる事態にいたった歴史の新しい大きな皮肉〉という一九六八年の埴谷雄高の思いが、そのまま三十五年後の二〇〇三年になお有効である現実が存在し続けていることは、わたしたちを絶望の深みに誘いこもうとしているように見える。みずからの痛みの記憶を他者の痛みに同化することがいかに困難かということであろう。わたしたちには、パレスチナ人を人間扱いしないユダヤ人を目撃しては、子どもながらにユダヤ人であることを耐えがたいことと意識している子どもが、かならずやいるにちがいないことに、かすかな希望をつなぐことしかできないのだろうか。

　ゲットー英雄記念碑のうしろの〈魂までうちひしがれて歩いている老女や幼児の群像〉は、杖をついた老人を先頭に、手をひかれた子ども、おさな児を胸に抱いた母親、顔を両手でおおって嘆く老婆など十二人ほどの姿が彫り込まれたものだった。気がつくと、いつのまにか、このレリーフの群像のまえにも、うしろにも、右にも左にも、魂までうちひしがれて歩いている数知れない多くの人びとの群れが幽鬼となって集ってきていた。彼らはレリーフに刻み込まれた歴史のなかの人びとではなく、二〇〇三年の現実のなかの人びとなのだ。

3　監視塔のある世界

家を塀で囲う
敷地を塀で囲う
都市を城壁で囲う
国境に城壁を築く

家族と他者
市民と非市民
国民と他国民
国民と非国民

侵入させない
侵略させない
逃亡させない
隔離する

ときに高いコンクリート壁で一都市を分断する
ときに有刺鉄線と地雷原とで一国を分断する
パレスチナ人を居住区に押しこめパレスチナ人から収奪
　したユダヤ人入植地をイスラエル側に囲いこむための
　ヨルダン川西岸地区の分離壁
ユダヤ人を押しこめ絶滅させようとしたオシフィエンチ
　ム強制収容所のフェンス

アーチにスローガン〈ARBEIT MACHT FREI〉を掲げた
　オシフィエンチム強制収容所の門
〈労働は自由をもたらす〉とはいかにも国家社会主義ド
　イツ労働者党[*1]が好みそうなスローガンだが
薄化粧した〈労働〉という文字の下には青白い顔の〈死〉
　が隠れている
ふたたび生還することかなわぬ地獄門

収容者を銃殺した〈死の壁〉のまえで献花する制服の一
　団がいた
ワルシャワのゲットー英雄記念碑のまえにいたイスラエ
　ルの警察官たちらしい
この日イスラエルからはユダヤ人とアラブ人それぞれ
　百五十人ずつの団体も訪れ同様に〈死の壁〉に献花し
　た
互いの痛みを共有するために収容所を訪ねる旅の一行だ
　という

コソヴォのミトロヴィツァ市では内戦を境に
町の中央を流れる川に架かる橋にバリケードを築き
それまで共存共生していた市民が川を挟んで住み分けた
北にセルビア人そして南にアルバニア人が

ヨーロッパの都市をそぞろ歩いていて
しばしば通りの先に教会の塔を見ることがある
同じように収容棟の通りの向こうに
つねに監視塔がある

フェンスのまえの〈HALT! STOJ!〉の警告
フェンスに有刺鉄線
フェンスの奥に塀
そして監視塔

こちらがわには監視塔こそないが
いたるところに監視カメラ
こちらがわには城壁こそないが
〈偉大な兄弟《ビッグ・ブラザー》があなたを見守っている[*2]〉

常在する敵視と憎悪
常在する野蛮
常在するアウシュヴィッツ
野蛮な文明の囚われびと

＊1　いわゆるナチス党。
＊2　G・オーウェル『一九八四年』（新庄哲夫訳）

4　スーツケースの名前

駅から向こうへ引込線が延びて霧のなかに消えている

昼食は駅前食堂サソリ屋《スコルピオン》
鱈のソテーに炒めジャガ芋添え
ライス入りトマトスープとたっぷりのサラダ
デザートはごついケーキ
食事しながらこれが最後の食事だったらと考える

たくさんのスーツケース
それぞれの持ち主の名前らしい文字が読める
TAUSIK RAPHAELA SARA とか
LEVI JULIUS とか
一時的に預かると偽って書かせたのだろう
白エナメルの稚拙な文字
なかに geb, 22, XI, 1935 と記したスーツケースがある
持ち主だった少年の生年月日だ
このスーツケースには WAISEN KIND Nr. 6.5 ともある
自分からすすんで自分を〈孤児〉と書くだろうか
NEUBAUER Gertrude も少年の名前とは思えない
少年を辱めるためのあだなのような気がする
あるいはふざけあって書いたのか
おたがいのスーツケースに少年たちは
おたがいの不安をうち消そうと

強制収容所跡がそのまま博物館になっていて
生えぎわから剪り取った三つ編みのおさげがいくつも見

える毛髪のかたまり
針金ハンガーを集めたカラスの巣さながらたくさんの眼
　鏡のかたまり
櫛
ブラシ
靴
衣類
義足の山
義手の山
食器
靴クリームの缶
それぞれのうずたかく積みあげられたかたまり
それら展示物のなかにスーツケースの山もあった

剝ぎとられたスーツケース
剝ぎとられた肉親
剝ぎとられた名前
剝ぎとられた人格
剝ぎとられたいのち

一九三五年生まれのわたしは死ぬはずだったのではない
　か
NEUBAUER Gertrude と同様に
十歳で死ぬはずだったのではないか
たまたま生き延びることができただけではないのか
人生の晩年になってそんな意識がいっそうつよく深い

NEUBAUER Gertrude が食べた最後の食事はどんなだっ
　たのだろう
サラダやスープはたっぷりあったか
メインはなんだったか
デザートは付いていたか
お腹を満たすことができたか

オシフィエンチム駅構内のポストに絵はがきを投函
　した
駅前食堂サソリ屋《スコルピオン》で書いた絵はがき
ドクロマークに〈HALT！ STOJ！〉とある標示板の

絵はがき
一九四五年のわたしに宛てた絵はがき
霧の向こうがわのわたしに宛てた絵はがき
霧の向こうがわもこちらがわもさしたるかわりはな
　いのだが
一九四五年で止まってしまった世界と
それから五十年あまりも時をすすめた世界と
さしたるかわりはないのだが

5　霧の向こうがわ

霧の向こうがわにうずたかく積みあげられたかたまり
生えぎわから剪り取った三つ編みのおさげがいくつも見
　える毛髪のかたまり
針金ハンガーを集めたカラスの巣さながらたくさんの眼
　鏡のかたまり
櫛
ブラシ
靴
衣類
義足の山
義手の山
食器
靴クリームの缶
スーツケース
それぞれのうずたかく積みあげられたかたまり
収容者から取りあげた持ち物のかたまり
分別したモノのかたまり
分別した目的はなにか
分別したそれらをどうしようとしたのだろう
絶滅収容所では

ヒトはなぜモノを別《わ》けようとするのか
分類が科学の発達に寄与したことに違いはないものの
たとえばウィーン自然史博物館の膨大なモノの迷路を
　たどっていると
ふいに『世界鳥類図鑑』の鳥たちがひしめきあう展示室

に迷い込んだりする
迷い込んだ森のなかでその蒐集と分類のしつこさにきっと気分が悪くなるのだ

ヒトはなぜモノを別《わ》けようとするのか
分類にどんな意味があるのか
分別の基準はなにか
選別するとはなににどこに差異を見出すのか
みずからを普通であると立証するために〈普通でない者〉を捏造しては排除する
みずからを選ばれた者であると立証するために〈普通である者〉との差異を捏造する

疑似科学の信奉者が分別した
眼鏡
櫛
ブラシ
靴
義足
義手
抹殺すべきヒト

抹殺すべきヒトとそうでないヒトとに分類し選別する根拠とはなにか
〈奴ら〉と〈われわれ〉
レイシズムにあるのは差異の捏造と排除だけだ
疑似科学をたくみに操った選別
近代が捏造した〈人種〉という仮構を援用した選別
たとえばヒトとサルのＤＮＡの差異がほんのわずかでしかないのに
ひどい悪性の疫病に冒された二十世紀の世界

霧の向こうがわの谷間や窪地にうずたかく積みあげられたかたまり
抹殺されたヒトの山
その総体が絶滅収容所となってしまった惑星の谷間や窪地に
ふかい霧に閉ざされた谷間や窪地に

雨の気配が近づいている

6　けむりなのか霧なのか

いくつもの空を見てきた
いくつもの記憶された空がある
いくつものイメージできる空がある
白いけむりがのぼっている空がある

子どものころの家いえには煙突があった
遊び疲れた夕ぐれどきふと気づくと
わが家の煙突からたちのぼるけむりが見えた
かまどに薪がくべられ
風呂釜で亜炭が燃されている
冬にはおが屑ストーブが部屋を暖める
三本の引込み線
終点なのか始点なのか

終点でもあり始点でもあるのか
広大なジェシンカ絶滅収容所跡
煉瓦造りの暖炉が百五十本ほども整然と並んでいる
煉瓦造りの暖炉が墓標さながら林立している
木造バラック建ての収容棟はあとかたもなく
墓地にまがう景観をつくりだして

収容者は一九四一年秋から四五年初めまでの約三年半に
　オシフィエンチムだけで百万人を超えた
収容者の持ち物の収納庫
衣服室
シャワー室
消毒室
そしてガス室

七キログラムで千人から千五百人を毒殺したというチク
　ロンBの缶のラベルに〈GIFT　GAS !〉とある
これをだれがユーモアと言うだろうか

天井の穴からガスを流し込んだという地下ガス室
そして火葬場にまがう焼却棟
残されたスーツケースの持ち主である
TAUSIK RAPHAELA SARA とか
LEVI JULIUS とか
彼らが収容棟の窓から見た煙突のけむり
彼らはそのけむりをどんな思いで眺めたのだろう

三本の引き込み線の先
深い霧のなかへ
深い森のなかへ
深い暗冥のなかへと運ばれてゆくもの
ゆくえを知らされぬまま
押し込められて
えんえんと長い貨物列車
甲高い悲鳴のような汽笛を鳴らして
夜の奥へ

7　コラール〈心よりわれこがれ望む[*1]〉

高窓からしのび入るたそがれどきの残光
丸天井の壁面に投射される滅びの影絵
バッハのオルガン曲がミラー・チャペルの空間を時間で
　満たしている
ヒトの文明は遠からず滅びることだろう

反射望遠鏡《ミラーテレスコープ》発明から百年ほどのちバッハが死んでまもな
く
プラハに反射鏡《ミラー》礼拝堂《チャペル》がつくられた
ヒトはなにを見ることができたか
ヒトの望みはヒトになにをもたらしたか

ハッブル宇宙望遠鏡やすばる望遠鏡は無数とも言える天
　体を見せてくれる
三千六百光年はなれた宇宙空間にあざやかな大輪のバラ[*2]
　が咲きほこる
光速で八千年遠方の天の深みで砂時計[*3]が宇宙の時間を刻

む
光速で九千年かなたの闇黒世界で海ほたる[*4]が孤独な光を
放つ
オルガンが奏でるコラールを耳にわたしの意識は宇宙図
のなかをさまよっている

イエス・キリストの刑死が西暦三〇年ごろ
ソクラテスの毒死が紀元前三九九年
孔丘の死が紀元前四七九年ごろ
ゴウタマ・シッダールタの入滅が紀元前四八三年ごろ
彼らの死は百三十七億年という宇宙の年齢のなかのほん
のひとときまえのこと
わたしたちの文明がはじまって
たかだか五千年ひいき目に見て一万年
それなのにわたしたちの文明はひどい悪疫に冒されてい
る
それなのにわたしたちの文明はひどい死臭を放っている
天球を模した壁面をうつろってゆく滅びの光

〈兵強ければ則ち滅ぶ[*5]〉とか
〈汝の敵を愛せよ[*6]〉とか
あるいはバッハのコラールとか
宇宙の塵にしてしまうに惜しい思想や音楽もあるのだが

青い惑星が宙吊りに架かる空が鉄格子をはめた窓越しに
見える
たそがれどきの光もいつしか失せてしまって
耳のなかをオルガンの残響が転がりつづけている
宇宙空間をオルガンの残響が転がりつづけている

＊1　J・S・バッハ　コラール BWV727
＊2　バラ星雲　NGC2238 一角獣座散光星雲
＊3　砂時計星雲　MyCn18 蠅座惑星状星雲
＊4　海ほたる星雲　M2-9 蛇遣い座惑星状星雲
＊5　『淮南子』
＊6　『新約聖書』マタイ伝

飛行機に向かって石を

どう　アキラ
元気にしているか？
来週はそちらに行くよ
楽しみだな

ところで
アキラの学校は早稲田小学校だけど
広島に袋町小学校ってあるの知ってる？
アーケードのある本通り商店街のすぐ南だ
行ったことがないって？
そりゃそうかもね
広島に住んでまだ一年だものね
こんど広島に行ったとき
袋町小学校を訪ねてみたいんだ
アキラもいっしょに行かないか

原爆が落とされたとき
袋町小学校は爆心地から四百メートルほどのところだけど
西校舎が鉄筋コンクリート造りだったので
まわり一面が燃え尽きてしまったなか
西校舎は崩れずに残ったんだって
西校舎は家をなくした人たちがからだを休めたり
西校舎はけがをした人たちの病院がわりになったんだって

そんな人たちのなかに
校舎の壁にメッセージを書いた人がいたんだ
たとえば
　佐武醫院
　田中鈴江
　右ノモノ御存知ノ方ハお知らせ下さい[*1]
というように
壁に書かれたいくつかのメッセージが見つかった
五十五年もたってから
調べてみたら書いた人がわかった

　佐武醫院
　田中鈴江
　右ノモノ御存知ノ方ハお知らせ下さい
と書いたのは鈴江[*2]さんのおかあさんだった

鈴江さんは袋町小学校近くの佐武医院で看護婦をしてい
た
原爆のあと娘からの連絡がなくなって
おかあさんはなんども娘を捜しに行った
いくら捜しても見つからなかった
だれか娘のことを知っている人が見るのではないかと
　佐武醫院
　田中鈴江
　右ノモノ御存知ノ方ハお知らせ下さい
と書いたのだ
崩れ残った学校の壁に書いたのだ
娘がひょっこり帰って来るのではないか
娘の無事を知らせてくれる人が尋ねて来るのではないか
待ちつづける毎日だったにちがいない
鈴江さんのきょうだいたちは何度も見たそうだ
飛んでいる米軍機に石を投げつけるおかあさんを
はるかな空に向かって石を投げつけるおかあさんを
鈴江さんのきょうだいたちは何度も見たそうだ

わたしがいまのアキラと同じ年ごろ
広島ではたくさんの人が死んだ
小学生たちもたくさん死んだ

アキラはわかるだろう
鈴江さんのおかあさんの気持ちを
飛んでいる米軍機に石を投げつける人の気持ちを
鈴江さんのおかあさんは亡くなったけれど
空に向かって石を投げつける人はいまもいるはずだ
世界のいたるところにたくさんのそういう人が
飛行機に石を投げつける人の気持ちを
アキラはわかるだろう

こんど広島に行ったとき
袋町小学校を訪ねようと思っている
アキラもいっしょに行かないか
じゃ　それまで元気でな

＊1　井上恭介『ヒロシマ——壁に残された伝言』（集英社新書）による。この作品は同書によって構想した。また、壁面は、袋町小学校平和資料館内に残されている。
＊2　実際は鈴枝だが、みずからも鈴江と署名していた。

シュメールの竪琴

あの竪琴は安泰だろうか

世界史教科書のちいさな写真がこころをうばった
青い宝石《ラピス・ラズリ》や貝殻を象嵌し牡牛の首を飾りにした
五千年むかしの
魅惑的なフォルムの竪琴

アジアやアフリカの大河のほとりに
ヨーロッパの内海の岸辺に
世界史の教室から文明発祥の地に
時空を超えて想いを解き放つ
ティグリス川とユーフラテス川のほとりにも
ふたつの川に挟まれた豊饒の地メソポタミアにも

シュメールの竪琴はどんな音色で
どんなメロディを奏でたのだろう
竪琴に指を添えると
ユーフラテス川のさざ波が聞こえてきそう
くさび形文字を刻んだ粘土板をなぞると
シュメールびとのささやきが聞こえてきそう
時空を超えて文明の明け方にいざなってくれる
高校生だったのは五十年まえ
その五十年を百回くりかえせばシュメールの時代
それは遠いむかしのことのようにも
それはそれほど遠くはない過去のことのようにも

わたしたちの文明は破壊をかさねている
バーミアンの石仏像にそうしたように
いくつもの遺跡や遺物の破壊をかさねている
かつてメソポタミアと呼ばれた地でも
劣化ウランを詰めたコークのビンが投下され
爆薬をサンドしたマックが埋められている

青い宝石《ラピス・ラズリ》や貝殻を象嵌し牡牛の首を飾りにした
バグダードのイラク国立博物館収蔵という竪琴
五千年むかしの都市ウル*から出土した
魅惑的なフォルムの竪琴
世界史教科書のちいさな写真に魅せられてから
五十年のあいだ実見を望んできたのだが

あの竪琴はいまも安泰なのだろうか

*ウル　紀元前二六〇〇年ごろ、シュメール時代の都市国家。イラク南部アン・ナシリヤ西郊に遺跡が残る。二〇〇四年、日本軍が出兵したアス・サマーワにほど近い。

ほんのわずかばかりの
まだ咲いていない木の花の色についてそうするように
梢でつかのまの眠りを眠っている小鳥の鳴き声についてそうするように
国境をまえに毛布一枚で寒さをしのいでいる老いた難民の息づかいにも
流弾で即死した母親の胸にしがみついて泣き疲れたあかんぼうの涙にも
地雷で脚を失った少年の行きどころないこころの痛みにも
ほんのわずかばかりの想像力を
劣化ウラン弾で白血症になった少女の宙をさまよう視線の先にも

ほんのわずかばかりの想像力を
ほんのわずかばかりの想像力が変えることのできるもの
が
あるのではないかと

第七詩集『峠のむこうと峠のこちら』（二〇〇七年刊）

五輪峠《ごりんとうげ》

峠道を海のほうへ登ってゆく男のうしろ姿が見える
おおきな荷を背に峠のいただきをめざして登ってゆく
峠のいただきからも海は見えないが風は吹いていよう
男は風を期待して峠道を海のほうへ歩を進めてゆく

こども時分、家の二階のすみに家人の意識から逸れてしまっていた木箱があった。なかはちいさな桐箱がぎっしりで、その多色刷りラベルが貼られた上蓋をとると、それはなにかの装置のように、香料の匂いをあたりにただよわせ、非日常の空間をつくりだすのだった。桐箱の内容物はほとんど固形化してしまったおしろいである。母に聞くと、曾祖父は行商人をしていたことがあって、そのときの売りものだったのだろうという。木箱は曾祖父が死んだあと十年も忘れられ放置されていたらしい。

明治人で行商をした人といえば、時運来（ときめぐりくる）と染め抜いた法被《はっぴ》を着て、八王子地方で糸や針を売りながら、自由民権のオルグ活動をした北村透谷を思いうかべる。曾祖父がおしろいを売りながらオルグをしている姿を想像してみる。わたしが生まれたのちまで生きていた曾祖父は、だが、意外なことに、透谷より十五年もはやく生まれているのだ。

十五歳で維新にむきあった曾祖父は、維新にどんな期待を託したのか、あるいはどんな幻滅を味わったのか。

曾祖父が商いに行ったのは閉伊郡だという。閉伊地方へは、その昔、旅の途次に斃死した人の菩堤のために五輪石を建てたことに由来して名づけられた峠を越えねばならない。

父の死後、曾祖父の蔵書、書画、文書など数十点が出てきた。なかに、曾祖父の三男と甥とが連名で曽祖父に宛てた長文の書簡があった。それによると曽祖父と祖父とのあいだに不和があったらしい。このことを知ったあと、曽祖父と祖父の双方に対し、それまで意識したことがなかった実在感とでも言えそうなふしぎな感情をわたしは感じていた。

ちいさな桐箱でいっぱいの荷を背にはるかな海のほうへ
峠道を男のうしろ姿がくだって行く

こんとんそのままにいまだぐにゃぐにゃなかたまりだったわたしをひとりの男が見ている

こんとんそのままにいまだ眼のなかったわたしはわたしを見ている男を記憶していない

けれど五輪峠のいただきに吹く風をわたしは記憶している

人首川《ひとかべがわ》

人首川は重染寺《ちょうぜんじ》の水門で堰止められる
堰のしたの瀬にハヤが群れ
堰のうえの淵にコイが潜み
夏休みには子どもの水しぶき
されどおそろしげな名の人首川

記憶の底に川底をただよい流れる自分がいる
祖父の家は川のほとりに
墓地は川向かいの向山に
人首川のむこう向山のあたり
ある夜半人魂《ひとだま》がとんだ
とんだのを見た

重染寺山に祖父の畑があった。製材工場の経営を伯父にまかせ、祖父は畑をたがやし、養蚕をはじめた。中学生のわたしは桑摘みをてつだい、うしろ山の栗林で実をひろい、うしろ山を探検した。木立と藪の奥に踏みこむと、豁然とひらけ、落ち葉に隠されてひらたい石がひろく敷き並べられているらしいふしぎな空間があって、そこは異界への入口のように思われた。のちに『江刺郡史』をひもとくと「医王山重染寺址。多聞寺後北向山続きに遺址を存す。伝云慈覚大師の開基にして、往古には十八坊を有し、境内には社殿堂社数多並び頗る壮観なりしが、中古兵燹《へいせん》に罹り一山悉く焼失したり」とある。祖父の畑は僧坊跡でもあったのか。そういえば、広く平坦な土地の一隅に一小祠があるだけの向山の多聞寺もふしぎな空間だった。これも『江刺郡史』に「岩屋戸山多聞寺。当山は慈覚大師の開基にして、……境内千八十七坪、毘沙門堂、金比羅堂、天神宮、絵馬堂等ありしも、明治五年十一月二十三日類焼に遇ひ、遂に再建に至らず」とある。歴史の深みがつくりだす擬似空間のなかに踏み込み迷い、木立のあいまからあおぐ空はいずこともしれない時間への通路であるかのようだった。

人首川の流れと向山の木立が見える部屋
祖父は死の床に臥せっている
彼ははたちの孫に向けとうとつにことばを投げつける

釈迦も基督も存在しない

つきつけられた公案のせいでもあるまい
わたしは信仰から遠いところを生きている

半世紀ちかくの時間があって
かつて祖父が臥せっていたあたりに床を延べる
枕元に人首川の川音があった
記憶の底にあった川底をただよい流れる自分がよみがえる

祖父は何者であったか
いまも知らない

向山《むかいやま》 A

館山
人首川のせまい谷
向山
川向こうの死者の領土
ネクロポリスの丘
神経をそばだてた一基の墓石
空につき刺した棘《とげ》
地に打ちこんだ楔《くさび》

日中もうす暗い仏間に淡彩で描かれた肖像画が掲げてあった。軍刀を手に軍服姿で、髭をたくわえてはいるものの、武人とは見えない神経質そうな表情をしている。曽祖父の次男だが、二十八歳で戦死したのち、甥である父が位牌持ちになったのだという。わたしの名前に「丈」の文字があるのは、丈作という彼の名前に由来している。生活に困った父が処分して軍刀はすでにない。残っているのは墓碑のために乃木希典が揮毫した書や軍服など。これらをどうしたらいいものか。加えて、何とも気恥ずかしくなるほど大きな彼の墓碑をどうしたらいいものか。故郷を離れていて管理がゆき届かないのだ。

盛岡中学校の助教諭心得だった彼が志願したのはなぜか。知るすべのないことだが。そのとき彼は死を予感しなかったのだろうか。乃木大将を司令官とする第三軍後備歩兵第八旅団第五聯隊第一大隊に少尉として配属され、第四中隊第三小隊長だった彼は、一九〇五年一月二十五日から二十九日のあいだに戦われた黒溝台会戦で戦死した。命日は一月二十日ということになっているが、戦史にしたがえばおそらく二十六日と推定される。黒溝台は、中国遼寧省瀋陽から遼東湾に流れる渾河のほとりにある。黒溝台会戦での第八旅団の戦死者は、将校十六名、士卒二百八十五名。うち、大叔父が属した第五聯隊第一大隊の将校の戦死者は、彼をふくむ二名だけだ。

聯隊本部の古城子
渾河支流紅河をはさんで
黒溝台
死者の領土
ネクロポリスの丘
そばだつ幻想の墓石一基
空をつき抜けた棘
地に潜りこんだ楔
地をおおう雪
血をおおう雪
霏々と降る雪

向山　B

夜な夜な枕元に立つあなたが誰か
ぐらいのことはわかります

軍刀の柄に手を置き
プロイセン王国風の軍服を着
八の字髭をととのえ鬚髯《しゅぜん》をたくわえた神経質そうな男
仏間に掲げられていた肖像画の男
若松丈作さんだと
最初の夜からわかってましたよ
戦死して一世紀にもなって
いまさらなんで
と言いたくもなります
なにを言いたいのか
なにが望みなのか
同じ文字が名前に使われているからといって
無言で枕元に立っているだけなら
出てくる時間を考えてくださいよ

おそらく命日は明治三十八年一月二十日ではなさそうですね
『明治卅七八年日露戦史』第七巻を読んで思いました
ロシアのと比較すると

参謀本部編集の戦史は正確さに劣るとは言われてますが
でも命日なんかどうでもいいじゃないですか
二十日だろうと二十六日だろうと
そんなことじゃない
ですか
なるほど

倒れた墓標を建て直せ
ですか
それとも
乃木希典揮毫の碑文を削れ
ですか
そう言えば
乃木希典はじつのところ無能な将軍だったそうですね
無能な将軍の無謀な作戦のせいで戦死したんじゃありま
せんか
小隊長のあなたは軍刀を振りかざし「突撃！」と叫びな
がらまっさきにロシア陣地に向かったんじゃありませ
んか
やらんでいい戦争で
犬死にしたんじゃありませんか

靖国神社からつれ戻してくれ
ですか
なるほど

束稲山《たばしねやま》

1
東北本線下り列車に乗って十時間にちかい
右側の車窓いっぱいにせまる束稲山
なだらかな山裾あたりの小学校で弟は教師をしていた
平泉駅をでた列車は高館のすぐ下を走る
左手は中尊寺参道下
ここから列車は北上川に寄り添うかのように右にカーヴ
する
清衡《きよひら》も愛《め》でたにちがいない

東稲山と北上川とがうつくしい
故郷に帰ってきたとたしかに感ずる景観だ

2

すぐ下の弟は婿養子となって家をはなれた。

二人目の弟は十年間の見習いが終わって、ちいさな仕立屋を開業したばかりだ。

三人目の弟は十歳のとき叔母の家の養子になった。

師範学校を出て小学校の教師になったものの、へたな手術のせいで脳膜炎症を併発し、二十歳《はたち》で死んだ。

四人目の弟は商業学校を終え、勤めはじめたばかりだ。

妹は女学校の生徒だ。

五人目の弟と二人目の妹は十年まえふたりとも赤ん坊のうちにあいついで死んだ。

母も、ふたりの赤ん坊が死んだ翌年、台所で急死した。

まだ四十歳になっていなかった。

3

東京警視庁を退職して下り列車に乗った
故郷の製材所を継ぐのだ
六十歳になった父の要請を容れて
長男であることは逃れ得ないにしても
長男であるという理由だけで自分にかぎらず
どれほど多くの人びとの夢が奪われたことか
自分を納得させる時間はまだまだ足りない
久しぶりに会う父は無言ながら安堵の表情を見せた
わたしもなにも言わなかった

4

数冊の大学講義録が眠っていた。
　ほこりをかぶって伯父の家の戸棚のなか。
　　夢のなごりをとどめて。

館《たて》　下《した》

館下のせまい河谷を少年がひとり駈け去った
町内に住む叔母の家に養子としてあずけられたあと
台所で炊事していた母が急死する悲痛なできごともあった
十歳で人生の一大試練に遭遇したのだ
手のつけられないガキ大将が温順になっただって
それはうわっつらのことだ
気づかなかったか
内攻していっそう激しさを研いでいたのを
館下の道を思いつめた表情の少年が駈け去った
少年は青年になっても駈けつづけた
駈けつづけてついに倒れた
倒れながら思った
　くるくるとくるめきながら僕はぶっ倒れた。
　噫、やっぱり俺は、おっ母さんの乳房にすがって、
　　生きたいな。[*1]
百篇あまりの詩を残して
二十歳になったばかりの若さで
　白昼夢の如く、
　死んだおっ母さんの乳房がフワリフワリ。[*1]
夢のなかで死んだ

　高校に入学したころ、わたしは家の片隅から一冊の詩集を見つけだした。もともと臙脂色だった表紙があせて褪紅色になっていた。背に『若松千代作遺稿集』とある。「思慕調」「棄

児」「さよなら」などの作品が痛ましい。

痔疾の手術後に脳膜炎を併発し、意識が混濁した。一九三四年十一月十九日、おっ母さんの夢のなかで死んだ。

わたしが生まれる七カ月まえのことである。


叔父の死後四十年に詩人及川均が「点鬼の唄」を書いた

わらって　わらって
私達は血の花咲かそうよ　（「桜の下にて」）
花粉をふりまいて歩いたのだが松の花粉よりも
においがはげしいので村の娘はおさなかったか
ら家の暗がりに逃げこんで胸をおさえてふるえ
ていた
チヨサクは辛夷の下を崖の道を走りに走って街
の病院に入れられて死んだ
青い樹液はふきあがり爆け《はじ》*2
いま館下の道は静まりかえっている
いま館下のせまい河谷は夢をむさぼっている

＊1　二カ所とも若松千代作「さよなら」から
＊2　ここまでの九行は及川均「点鬼の唄」（『新潮』一九七三年四月号）から

重染寺《ちょうぜんじ》

いつのころから脚を曳きずるようになり、晩年は右脚も痛んで状態がいっそうひどくなった。そんな叔父は、七十歳を過ぎてから従軍体験をようやく、しかし堰を切って短歌にした。

一九四五年八月、叔父の部隊は中国吉林省通化で武装解除、解散となった。日本軍から棄てられたのだ。シベリヤ送りをのがれるため、遼寧省撫順付近で数人の仲間と逃亡、瀋陽（奉天）を経て南進、華北の荒野で越年する。一九四六年、国共内戦がはじまり、丹東（安東）で国民革命軍第八路軍のもとで使役に従事、召集以来はじめての戦闘も体験する。

戦友を焼く薪に放つ火ためらいマッチをまわし眼を合わせゐる
殺人の罪より重き心もち戦友焼く薪に火を放ちをり
我が命荒野の草よりはかなきや一片の紙に運ばれ曝されてをり
飢えしのぐ本能ありて荒野に生き餓狼の如く餌のありか知る
棄てられし兵は飢えいて妻子想う孔子の国に盗みて食いぬ

（以上五首、『若松林平歌集』から）

一九〇五年冬、大叔父丈作が戦死した黒溝台からそう遠くはない雪の荒野を、四十年ののち、戦争終結後の一九四五年冬、叔父林平が飢えと寒さに曝されて逃亡をつづけた。

叔父が華北で飢えていたころ、小学校の昼休み時間になると、わたしは家に帰って雑炊を食べていた。じゃが芋の葉の炒めものを食べながら、えぐさのあまり涙がこぼれでるのだった。

復員した叔父は祖父の畑があった重染寺に住んだ。ふらりと来ては、よくわたしの家の廊下で昼寝をした。腹を空かせているわたしを連れだし、食べもの屋に行くこともあった。

叔父の家には十字屋書店版『宮澤賢治全集』があった。わたしの家の片隅にあったりんご箱の耕進社版『小熊秀雄詩集』、ナウカ社版『中野重治詩集』、金子光晴『鮫』なども、叔父が召集されたときに隠したものだったのではなかったかと、ずいぶんのちになって気づく始末だ。

百年まえから神経質そうに佇立している丈作の墓の下に、林平のあたらしい墓はからだをまるめのんびりと寝そべっている。

松籟にあらがう豪快ないびきが聞こえてくる。

六日町《むいかまち》　A

釣り具があったのに釣りに出かけたのを見たことがない
秋になると茸採りに連れて行ってくれた
初茸《はつたけ》の代《しろ》を知っていて網茸なども採った
写真は現像も焼き付けも自分でやった（らしい）

酒はほとんど飲めなかった
煙草ものまなかった
ただ軍隊から復員したあと一時的に口にしたことがある
牡蠣《かき》にアレルギーがあった

おなじ干支なので元朝詣りに連れていってくれた
家礼神の八幡さまはお館山のいちばん奥にあって
足もとを気にしながら雪の坂道をのぼりおりした
庶民の信仰行事をおこたらなかった

注文主を採寸し型紙をおこす
布地に型紙を配置しチャコでしるしをつけ裁断する
雨の日などには（外で遊べないので本を読みながら）し
　だいに仕上げてゆく仕事ぶりを見た
職人としての腕まえはすぐれていたといまも思う

ラシャ布をかけはぎするのを見た
もともと一枚の布だったかと見まがうできばえだった
父のスーツは仕立てがよく
（体型がかわらないわたしは）四十年あまりも着ている

息子に仕立て職人になれとはいちども言わなかった
いなかにも安価な既製服が出まわって
注文服をあつらえる人がめっきり減った
息子にすすめる職業ではないと判断したのだろう
五人ほどいた弟子たちに伝えられた技術はいまどうなっ
　ているだろう

（失われてしまっているように思われる）
晩年はゲートボールを楽しんだ
母としばしば国内旅行に出かけた

子どものとき病弱だったということから
手職を身につけるようにと仕立て屋に奉公にだされた
結局は八人兄弟のなかでもっとも長生きした
父は平凡な市井の人として生きた

六日町　B

1

札場と呼ばれる十字路から西へ
雑貨店　銀行　印刷所　旅館　菓子店（裏に棟梁の家）
　金物店　呉服店　洋服店　鍋釜店　時計店　郵便局
通りの向かいに
洋品店　薬局　医院　信用金庫　元洋品店　文房具店
　薬局　造花店（裏に材木店）

戦後この西の横丁に道幅を利用して五軒ほどのマーケッ
　トができた
ここまでが六日町の東半分だ
文房具店と薬局のあいだにも店があって大学芋を売った
りアイスキャンデーを売ったりパチンコ店になったり
した

その真向いの洋服店が父の店わが家

それぞれの家にどんな人がいるかをたがいに知っている
それぞれの家から人が出て店の軒幅分の道に中央まで箒
　の掃き目をつけることから町の朝は始まる

2

戦局の悪化があきらかになったころ父が海軍に召集され
た
横須賀を経て配属された先は秋田県田沢湖のほとり
もはや艦艇を持たない海軍の召集兵の行き先は
たしかにミズウミというウミにはちがいなかった
同様にわたしたちの町にも行き場のない陸軍の中隊が駐

　屯していて
なかに田沢湖畔出身の兵卒がいたのが皮肉だった
子どもごころにもばかな戦争だと思った

3
戦争が終わって粗末な毛布一枚を持った父が帰ってきた
父は早起きになり煙草をすうようになっていた
わたしたち家族をおどろかせたものの
ほどなく元どおりの生活習慣に戻った

学校制度が改まって町に高等学校が新設された
その制度の取次ぎが父の仕事に加わった
何十着もの制服が入荷した夜にどろぼうが入った
住込み職人もだれひとりとして朝まで気づいた者はいな
　かった

日露戦争で戦死した丈作の遺品だった軍刀などを弁償の
　ために換金したらしいことがうすうす感じられた
やがて家も土地も人手に渡って
わたしたち家族が六日町を立ち去る日がやって来た

花綵《はなづみ》（あるいは挽歌）

—母の死後百の夜を経て、バッハ「パッサカリ
　アとフーガ　ハ短調」を聴きながら—

1
母が転倒して頭を打った
側頭部の血腫が大脳を圧迫する
CTが映す大脳は雲が覆いつくしている地球
昏睡する母なる惑星

2
大脳を包むオブラートのような脳膜
地球を包むオブラートのような気圏
気圏の穴
脳膜の穴

3
ヒマラヤ山脈に吹きつける偏西風が大きな渦をつくる
発達する雲
中国大陸の半ばを覆いつくす
雲は大陸東縁の花綵列島に及ぶ

4
明けがたの花綵列島のとある病院のベッドのうえ
昏睡する母
雲が渦巻く大脳を抱え
母はわたしの呼びかけに反応しない

5
ヒマラヤ山脈の西方
未明の中東の冥暗の底のそこかしこでスパークするもの
金属片のひとつがひとつの頭蓋に撥ね当たって
意識をなくしたひとりの母がいるのだろう

6
始まりの文明をはぐくんだ大河のほとり
ゆたかな土が産んだゆたかな肉体の地母神
ゆたかな土のうえに横たえられ
子どもの泣き声にも反応しない

7
ひとつの文明の終わりの時間
オゾンホールをくぐって入り込む不可視の光
脳膜を破って入り込む血流
土くれに還る地母神

8
ひとりの母の大脳の底でスパークするものがある
多くの母の大脳の底でスパークするものがある
母なる惑星の底でスパークするものがある
ひとつの文明の終わりの時間に

豊沢川《とよさわがわ》

1

本家に遊びにゆくと
ババちゃんは
茶の間の階段下の戸棚から
四角いおおきな菓子缶をとり出す
缶のなかの菓子は
もちろんそのときどきで違った
八重吉《やえきち》のせんべいだったりする
孫たちはなにが出てくるのかを
楽しみにしていた

茶の間の居ごこちは
ババちゃんにとって
どうだったのだろう

2

からだを湯にゆだね
耳に豊沢川のせせらぎ
みどりを濃くしつつある渓谷
その底からあおぐせまい昼の空

空はひろがり
空はまぶしさをます
坂のうえの道を走るちいさな電車
電車の音がとおくかすかに聞こえ
（聞こえた気がし）
湯にゆだねていたからだは
浮游する

修学旅行に参加しないで（できないで）
湯治中のババちゃんのもとで
数日をすごした帰る日のこと
大沢温泉の湯には頭をよくする効能がある
（あるかもしれない）
直後の中間考査でできがよかったのだ

でも　効能は長つづきしなかった
かんじんの入学試験には失敗したのだ

3

いなかを離れてしまって
ババちゃんの死に目にはあえなかった
ババちゃんにありがとうと言えなかった
そう言えばだれにも

＊西鉛温泉行きの狭いゲージの電車は、道路に敷かれた軌道をたよりに西方の山麓へ向かう。祖母タマの湯治場は、志戸平温泉のこともあったが、たいがいは大沢温泉だった。

第八詩集『北緯37度25分の風とカナリア』（二〇一〇年刊）より

偏西風にまかせて

二〇〇五年六月六日、斎藤実さんが乗ったヨット酒呑《しゅてん》童子Ⅱ号が三浦港に帰ってきた。七十一歳の斎藤さんはヨットによる単独無寄港世界一周航海の最高齢記録を更新した。彼は「マグロを食べたい」と言って、出迎えの人びとを笑わせた。
二〇〇五年六月七日、堀江謙一さんが乗ったヨットマーメイド号が単独無寄港世界一周航海を終えて西宮市の港に帰ってきた。六十六歳の堀江さんは二人目の東西両回りを達成した。

ぼくにはかなわぬことなので
地図のうえを指でなぞる
偏西風にまかせた気球に乗ったつもり
ジュール・ヴェルヌよりもお手軽に
北米大陸西海岸へと北太平洋を渡る
北緯37度25分上を
福島県中部の太平洋岸の断崖から

そう言えば、第二次大戦末期に風船爆弾というものを北緯37度25分に近いこのあたりから敵国アメリカに向けて飛ばしたそうだ。二〇〇八年には熱気球で太平洋を横断しようとして行方知れずになった冒険家神田道夫さんがいた。

無窮の青空
ぼくの気球は太平洋をひと飛びだ
半導体生産基地として名を馳せたカリフォルニア州シリコン・ヴァレーから
シエラネヴァダ山脈コロラド川ロッキー山脈
そしてミズーリ州スプリングフィールドの上空
ミシシッピー川流域の大平原はいちめんの白い綿花
ブルースが聞こえてはこないか

ネイティヴ・アメリカンを居住地から追い出したＴＶＡダム
さらに東へケンタッキー州マンモス洞国立公園
アパラチア山脈を越えれば東海岸
はじめての植民地をヴァージニアと名づけた人びとの町リッチモンドの上空
チェサピーク湾の向こうは大西洋だ

ポルトガル領アゾレス諸島近傍を通過
北大西洋を飛び終えるとヨーロッパ大陸イベリア半島南端
ファドが聞こえてはこないか
南蛮文化を日本に伝えたポルトガルは日本の東北地方と同緯度だ
スペインアンダルシアの中心セヴィージャ
グアダルクィヴィル川に架かるサン・テルモ橋の欄干にもたれて
マゼランもそうしただろうと河畔のトーレ・デル・オロを眺める

アフリカ大陸北端に近い地中海を東へ
カターニアのあたりでシチリア島を飛び越える
フェニキアギリシアカルタゴローマヴァンダルビザンチンサラセンノルマン
シチリア島を多くの権力が交替しては支配した
さまざまな人びととさまざまな暮らし
さまざまな歌ごえ

イオニア海からギリシアのペロポネソス半島トリポリスへ
エーゲ海に浮かぶ神話の島シロス島ミコノス島へ
オデュッセウスの旅はどこまで

ギリシア哲学を産んだイオニアの都市国家ミレトス
アジア大陸西端の地だ
ぼくは遺跡の切り石に腰をおろしてエーゲ海の夕日を眺める
となりでトルコ人ガイドがオスマン帝国の栄光を語っている
モスクのミフラーブに向かって礼拝するイスラーム教徒

たち
イラン北部のウルミエ湖
カスピ海
トルクメニスタンのカラクム砂漠
たちあがる蜃気楼のオアシス
蜃気楼のオアシスが揺れている
一九七九年来のソ連侵攻・内戦・アメリカ侵攻そして内
　戦
はなはだしい死者・破壊・疲弊
アフガニスタン北端からタジキスタンへ
パミール高原はいちめんの白い綿花
無窮の青空

唐・宋・元の時代にアジアを席巻したトルコ系民族の末
　裔が暮らす
新疆維吾爾《シンチャンウイグル》自治区からは中国
あきれるばかりに広い塔克拉瑪干《タクラマカン》砂漠
さまざまな人びととさまざまな暮らし
さまざまな歌ごえ

正倉院に伝えられた琵琶の音色
数千年来行き交った多くの人びとの群れにまじって
天山《テイエンシャン》南路をひたすら東へ向かう
まぼろしのように青海湖《チンハイフー》があらわれる
寧夏回族《ニンシアホイフー》自治区の万里の長城を地平に望む
黄土《ホワントウー》高原を経て古くから中原と称された華北《ホワペイ》平原
中国文化はぼくらの文化の根幹だ
黄河《ホワンホー》が北から流れ来てふたたび北へ
そしてまた渤海《ポーハイ》にそそぐ河口にであう
山東《シャントン》半島東端から黄海《ホワンハイ》へ
朝鮮半島は韓国の仁川《インチョン》あたり
ぼくは隣国の不幸な戦争のとき仁川という地名を記憶に
　とどめた
太白《テーベク》山脈を越えて欝陵《ウルルン》島に近い日本海を進む
地図の上の指先がたどり着いた日本
北緯37度25分は能登半島先端だ

田の神をもてなす

1

穫り入れを終えた田に出向く
羽織に袴
蓑に笠
古式の正装で田に出向く
田の神を招来する
田の神を座敷に招き入れる

ことしもおかげさまにて
たくさんのいい米が穫れもうしました
ありがとうぞんじます
どうぞごゆるりと来春まで
おくつろぎなさいませ
まずは
お風呂にお入りなさいませ

奥能登の霜月祭は
饗《あえ》の祭《こと》という
田の神に家ごとに
一年を感謝しもてなす

お膳を用意いたしました
甘酒でございます
たんとおめしあがりなさいませ
鰤の刺身でございます
鯛の姿焼きでございます
根菜の煮しめでございます
小豆粥でございます
たんとおめしあがりなさいませ

2

春の饗の祭とは
農作業のはじまりと
新年の五穀豊穣とを
祈願する田打ち神事

田の神にお膳を用意し
田打ち雑煮でもてなす

羽織に袴
蓑に笠
清めた鍬
苗代田を三鍬打つ
花餅の木を立てる
ゆずり葉の枝を立てる
田の神を田に送りとどける

＊饗の祭は珠洲市など奥能登でおこなわれている。

暑湿の労に神《しん》をなやまし

途中吟　あかあかと日は難面《つれなく》も秋の風　松尾芭蕉

海ぞいの北国街道を南下する。越の高浜の砂丘。そのすそを通る。椎谷、宮川を経て荒浜にかかる。芭蕉は奇妙な幻像になやみはじめた。残暑が躯にこたえる。ときおりの小雨が暑さをいっそう不快なものにする。じっとりとした空気が幻像をまねき寄せたのか。ときおりの陽射しで発光体になった天と海を背に、砂丘のうえに奇妙なものが、巨大な四角から筒が角のように突き出たものが、かげろうになってゆらゆら揺らぐ幻像が頭上に覆いかぶさる。芭蕉を呑みこまんばかりに。ゆらゆら揺らぐ幻像から逃れようと、暑気あたりのせいかと、早めに宿をとろうと、天屋を今夜の宿に決め、天屋に入った芭蕉。

芭蕉を耳鳴りが襲う。

かどわかし
人さらい

人声が宿のそこかしこから襲う。大勢の人声がうおんうおん。耳の中で響きあう。がまんならず、同行の曽良に言う。

おまえ聞こえないかい
　ここから出よう

天屋の番頭や手代が追いかけて来る。ひき止めるのを振りきる。柏崎の町を出る。福浦八景もこころに刻めぬまま、幻像と幻聴が追って来る強迫観念。強迫観念から逃れようと、米山の険しい峠道をひたすら。夕刻ようやく鉢崎。秋の気配をはこぶ夜風が肌に。俵屋で脚を伸ばしながら、門弟は師匠に問う。

まぼろしと耳鳴りの
正体はなんだったのでしょう

ややあって。

三百年のちの人に尋ねなさい

＊元禄二年七月五日（陽暦八月十九日）、出雲崎を出発した松尾芭蕉一行は、途中、柏崎を通過する。

「至柏崎ニ、天や弥惣兵衛へ弥三良状届、宿ナド云付ルトイヘトモ、不快シテ出ヅ。道迄両度人走テ止、不止シテ出。」（河合曽良『奥の細道随行日記』から）

恐れのなかに恐るべかりけるは

砂丘に立つ
夏の陽射し
肌に快い海風が陸地へ向かう

二〇〇七年七月一六日午前一〇時一三分二三秒
マグニチュード6・8の地震が発生
震源は新潟市南西約六〇km・深さ約一七km
柏崎市・西山町・刈羽村などで震度6強を観測

おびただしく大地震《おほなゐ》ふること侍《はべ》りき
そのさま世の常《つね》ならず
山は崩れて河を埋《うづ》み
海は傾《かたぶ》きて陸地《ろくぢ》をひたせり

土裂《さ》けて水涌《わ》き出《い》で
巌《いはほ》割れて谷にまろび入《い》る
堂舎塔廟《たうしやたふめう》ひとつとして全《まつた》からず
或《あるい》は崩れ或は倒れぬ

『方丈記』は、元暦二年七月九日（ユリウス暦一一八五年八月一三日）に発生し、多数の死者をだし、法隆寺などに損害を与えたマグニチュード7・4の文治京都地震を、こう伝えている。

〔柏崎市に住む中学の同級生からのはがき〕
お見舞状ありがとう
元気回復がんばっています
家屋の倒壊だけハ免れましたが石塀とか外壁・床板・内壁などメチャメチャでした
新潟地震・中越地震、このたびの中越沖地震と、生涯に三度も大地震を体験するとは思いませんでした

二〇〇七年新潟県中越沖地震被害

	新潟・長野・富山　三県合計	うち刈羽村
死者	一五人	一人
重軽傷者	二、三四五人	一一六人
建物全壊	一、三一九棟	一六六棟
同大規模半壊	八五七棟	一三六棟
同半壊	四、七六四棟	三〇五棟
同一部損壊	三四、九七七棟	六五三棟
（同被害なし）		七三棟
非住家被害	三一、〇四一棟	二、八三九棟

ほかに、電気・水道・下水道・ガスの損傷、道路・鉄道の損壊、
教育・福祉等施設の損壊など多数

日本列島はユーラシアプレートと北米プレートの周縁上にあって、その下にフィリピン海プレートと太平洋プレートがもぐりこみ衝突するという複雑な地殻構造によって形成されている。そのため、世

界屈指の火山帯・地震帯・深発地震帯が重なり、活発な地殻活動が活断層の多い脆弱な地盤をつくっている。古来大地震が多い理由である。

日本で起きた地震のうち記録が残る最古のものは、『日本書紀』に記されている推古七年四月（ユリウス暦五九九年五月二八日）大和国で発生した推定震度マグニチュード7の地震だ。

七年夏四月乙未《きのとひつじ》朔《ついたち》辛酉《かのととり》
地動《なゐふり》て舎屋《やかす》悉《ことごと》に破《こほ》れぬ
則《すなは》ち四方に令《のりこ》ちて
地《な》震《ゐ》の神を祭《いの》ら俾《し》む

このときよりはるか昔から
列島に住む人びとは
地震を恐れ
地震の神を祭り祈った

二〇〇七年新潟県中越沖地震における
東京電力柏崎刈羽原子力発電所での計測震度6・5
設計時想定値の二・五倍を超える地震動
各原子炉建屋最下階での計測加速度と（想定値）
　一号機　六八〇ガル（二七三ガル）
　二号機　六〇六ガル（一六七ガル）
　三号機　三八四ガル（一九三ガル）
　四号機　四九二ガル（一九四ガル）
　五号機　四四二ガル（二五四ガル）
　六号機　三二二ガル（二六三ガル）
　七号機　三五六ガル（三六三ガル）
原子炉建屋内で計測した最大加速度
三号機タービン台　二〇五八ガル（八三四ガル）
　原発内での数値として世界最大を記録

東京電力柏崎刈羽原子力発電所内のおもな被害
稼働中の三・四・七号機と起動中の二号機が緊急停止し、
　冷温停止作業にはいる。
一号機変圧器の基礎ボルトがちぎれる。

一号機周辺に埋設の消火用配管四個所が破裂、大量の水
が原子炉建屋地下五階に流れ込み、深さ四八㎝に達し、
タンクやモーターなどに被害を出す。
被曝の有無をチェックする一・二号機のモニター七台の
うち六台が故障し、四〇〇人の作業員をチェックなし
で退出させる。
二号機炉内の水位調節ポンプが故障し水位が瞬間的に低
下、緊急炉心冷却システムを手動に切り換えて燃料の
露出を避ける。
二号機サービス建屋の油タンク室で八〇〇リットルの油
が漏洩。
三号機の変圧器で火災発生。消火にてまどり、一時間
五六分後の午後〇時一〇分鎮火。
四号機が冷温停止したのは翌一七日午前六時五四分、地
震発生から二〇時間四一分後だった。
一〜五号機の主排気筒ダクトが変形。
六号機の使用済み核燃料プールで溢水、九万ベクレルの
放射性物質を含む水が海に流出。
外部への流出こそなかったが七機のすべてで溢水事故。

一・四・六号機で作業員が足元を濡らし、原子炉建屋から
避難。
六号機原子炉建屋の天井クレーンが破損しているのを、
地震発生から八日後の七月二四日に発見。
七号機の主排気筒から地震後二日間、気体状ヨウ素、粒
子状放射性物質クロム51、コバルト60が外部放出。
低レベル放射性廃棄物を入れたドラム缶四〇〇本が転倒、
うち数一〇本の蓋が外れる。
地盤液状化により敷地内各所で亀裂や沈下、段差が発生。

炉心融解という重大事故となって、周辺住民数
百万人の死亡が想定される大惨事寸前だったと、
海外メディアが報道した。

文治京都地震を記録した鴨長明《かものながあきら》は言う。

恐れのなかに恐るべかりけるは
地震《なゐ》なりけりとこそ覚え侍りしか

地震への恐れを忘れた東京電力柏崎刈羽原子力発電所では危機管理はないがしろにされていた。
消火体制が機能せず、地震計の記録データの消失などもあった。
被害状況発表の遅れと小出し、虚偽報告、隠蔽などを繰り返した。

刈羽村の看護師のひとりは、地震のあと、原発わきの国道三五二号は通行できると聞いて帰宅した。放射能で汚染した漏水が流出した事実をのちになって知り、「どうしてもっと早く公表してくれなかったの？　村民をバカにしている」と憤った。

七月一八日、私が住む南相馬市での会議で、東京電力福島第一・第二原発がある福島県の佐藤雄平知事は「想定外のことを想定することが原発の安全安心にとって大事だ」「事業者も国も安全性の確保について再考してほしい。そうしないと地域の人びとが信頼を取り戻すことができない」と国と東京電力の対応を批判した。

七月二〇日、脱原発福島ネットワーク（佐藤和良代表）などが東京電力に対し、「中越沖地震による柏崎刈羽原発の事故トラブルの全情報の公開と活断層上の全原子炉の閉鎖を求める申し入れ書」を手渡した。

東京電力柏崎刈羽原子力発電所内で確認された地震による被害件数
二〇〇七年九月五日までに二七五八件

［柏崎市に住む中学の同級生からの電話］
長期間のライフラインのストップに参っちゃったよ
崩れ落ちて散乱したツンドク本の山を整理している
元通りにするにはまだまだほど遠いよ

それにしても東電には不信感が増すばかりだ
　これを機会に原発は廃炉にすべきだ

かくおびただしくふることは
しばしにて止みにしかども
その名残《なごり》しばしは絶えず
世の常《つね》驚くほどの地震
その名残三月《みつき》ばかりや侍りけむ

鴨長明は『方丈記』の記述をこう結んでいる。

砂丘に立つ
夏の陽射し
地震《なゐ》などないかのよう
肌に快い海風が陸地へ向かう
肌は風を感ずることができるものの
肌は風にふくまれるものを感ずることはできない

［資料］
・『福島民報』（二〇〇七年七月一九日・福島民報社）
・脱原発福島県ネットワーク『アサツユ』第一九二号（二〇〇七年八月一〇日・同編集委員会）
・朝日新聞取材班『「震度6強」が原発を襲った』（二〇〇七年・朝日新聞社）
・原発老朽化問題研究会『まるで原発などないかのように——地震列島、原発の真実』（二〇〇八年・現代書館）ほか

くそうず

くそうず
（古くは　くさうづ）
という地名がある
新潟市草水町
長岡市草生津
西山町草生水
新潟県のほか秋田県や長野県などにもある
くさうづ
とは地上にしみ出たり湧き出たりした原油
臭水油《くそうず》では地名として不都合というわけだ

硫黄臭がつよい温泉の草津も
くさうづ
くさい

石油の成因は確定されていない
古生代から中生代にかけての生物の遺骸がながい時間と
　高温・高圧とによって化学変化を起こして生成された
　ともいう
四億年まえを生きた三葉虫が灯す照明が夜を昼に変える
一億年まえを生きた恐竜がエンジンを搭載し高速道を走
る
われわれの文明は海面に拡散する油膜のうえに漂ってい
る
一九九一年第一次湾岸戦争があった
劣化ウラン弾やバンカーバスターなどさまざまな最新兵
　器が実戦使用され Nintendo War とも呼ばれた戦争
世界の石油総生産量中四分の一を消費する米国が石油の
　自由な流通を確保しようとの
二〇〇三年からの第二次湾岸戦争（イラク戦争）も
さかのぼって一九四一年の真珠湾攻撃は米太平洋艦隊を
　壊滅させオランダ領東インドの石油を日本へ自由に輸
　送するルートを確保することが目的だった
真珠湾攻撃と同時に日本軍は南方作戦を展開しマレー半
　島やスマトラ島に侵攻した
石油戦争はこれからもしばしば企てられよう

われわれの文明は石油の海に漂う難破船だ
船体のあちこちに亀裂が入って
西山町草生水ではいまも原油が滲出する
われわれのはるかなご先祖の死骸から
臭水《くそうず》油がじっとりと滲出する

天のうつわ

粘土を採る
地が白くおおわれる季節のまえ
天の意志によって

ふかい雪が地上の悉皆《しっかい》を埋めつくす季節
粘土を曝す

花らんまんと咲きそう季節
花崗岩の砂を加え水を加え
人は粘土を
練る
叩く
こねる

大地から土を
大河から水を
土に水を加え
人は土を練る

人は練りあげた粘土を成形する
円盤状の底部のへりに
粘土紐を輪にして重ねる

重ねた粘土紐を筒状に接着する
粘土紐を胴の表面に貼りつける
波状文を盛りあげる
渦巻文を組みあげる
隆帯文が生きもののように立ちあがる
人を介した天の意志によって
粘土はみずから立ちあがる
粘土は燃える焰のかたちとなる
粘土は火焔を噴きあげる

木は火を呼ぶ
火は土を焼く
土は火と化す
人はただ祈る

火焔の思いをかたちに
森がみどりを噴きあげる季節
人は土器を焼成する
果実がたわわに熟す季節

人はうつわに
天を収穫する

＊火焔土器　長岡市関原町馬高遺跡ほか信濃川流域から、
縄文時代中期の火焔状装飾把手のある土器が出土した。

ほだれ様にまたがって

稲穂みのり
初穂
いかし穂
八束穂《やつかほ》の茂《いか》し穂
乗り穂
穂垂れ

雪残る集落を
ほら貝を吹き
触れ太鼓を打ち

男たちに担がれ
ほだれ様がゆく

この秋の穂垂れの予祝
この秋のみのりの祈願
この年の家畜の繁殖を
すこやかな子の出生を

七尺あまりの長さ
二尺ほどのふとさ
ふと丸太そのまま
木彫りのほだれ様
二尺のかりくび
ぐいと突き出し
ほだれ様がゆく
ほだれ様にまたがって
この一年の新嫁たちが
大股ひらいて
新嫁ではない女たちも

大股ひらいて
ほだれ様にまたがって
ぼぼ押しつけ
二尺のかりくびさする

ほだれ様に願って
この秋の穂垂れを
この秋のみのりを
八束穂の茂し穂を
子どもの安産を
あらゆるいのちの
豊穣を予祝する

＊ほだれ祭　長岡市（旧、栃尾市）下来伝で、三月第二日曜日におこなわれる。

深い森の巨岩

神はなにに宿るのか
神はどこに在るのか
人はなにに神を見るのか
人はどこに神を感ずるのか

あるいは山の頂
あるいは深い森
あるいは暗い洞
あるいは大きな岩石

狭い参道をたどって行く
森は深く
森は暗く
さらに奥へ

注連《しめ》を張り
御幣を結び

結界であると
神域であると

だれが
神がか
人がではないのか
だれがか

ささやかな湧水があって
掌に受ける
頬に感じる
胃の存在をたしかめる

深い森の暗がりの奥の巨岩
庇のように張り出した突起物
クリトリス
神意の露頭

神は人を創造したか
人は神を懐妊したか
人に神は必要か
神は人を必要とする

＊福島県南会津郡只見町に巨石を神体とする三石神社がある。

そばつゆにどっさりのおろし

古山哲朗さんを偲んで

ある年のある一日
古山さんは会津へ車を走らせてくれた
柳津《やないづ》福満《ふくまん》虚《こ》空《く》蔵尊《ぞうそん》
柳津森林公園のおば抱き観音
などへ車を走らせてくれた
滝谷川を上流へ
西山地熱発電所
西山温泉を横目に

青中《かぶちゅう》の芋小屋をめざした
バス停まえに住む老夫婦が語った

　道ばたの杉の洞に
　大きな蛇が住みついて
　通学バスを待つ子どもたちが集う朝ごと
　蛇は洞から首を出して様子をうかがうのだっ
　　たと
　バスが行ってしまうと
　洞から出てそこらを散歩！　するのだったと
　ある日蛇が姿をかくすと
　その洞に蜂が巣をつくったと
　木樽を杉の洞の横にくくりつけ
　木樽のなかにもあわよくば蜂蜜がと
　じいさんは期待したけれど
　そうそううまくはいかなかったと

節分前日の芋小屋地区の行事
人形おくりのはなしを聞くつもりが
集落には
小学生はひとりだけ
未就学児童もひとり
中学生はひとりもいない
そんなわけで
人形おくりをしなくなったと
そのかわりということではないが
蛇ととり損なった蜂蜜の話が聞けた
山村ではいまも民話がつくられている
ということだろう
山村ではある日ひとも蛇も神隠しに遭う

柳津町でそばを食べた
そばつゆにおろしをどっさり入れすぎ
古山さんはあまりの辛さに泪した
あのそばをもういちど食べたい
古山さんのようにどっさりのおろしを入れ

＊人形送りは福島県大沼郡柳津町青中芋小屋でおこなわれ

ているが、限界集落である芋小屋では行事の存続が危ぶまれている。

阿吽《あうん》のむこう

1、阿

いでもうでもえでもおでもなく
混沌のなかから
世界の始まりはあ
おおきく開口して腹の底から吐き出して
あ
世界を成立させる精気
精気に満ちた阿形《あぎょう》
阿形は裸形

2、水もしくは蛇

子どもたちにかつがれたおおきな藁蛇
雀林《すずめはやし》の家いえをねり歩く
大声で威勢をあげて
――蛇のご年始に来ました！
水神の蛇があたらしい年の農耕期にゆたかな水をもたらすように
世界にゆたかな稔りをもたらすように
あたらしい藁蛇を二体の仁王のあいだに供える
あとうんのあいだに供える

3、吽

吽形《うんぎょう》も裸形
沈鬱をみなぎらせ吽形
いっさいがっさいを混沌に戻して
世界のすべてを呑み込んで
うん
腹の底に世界をしっかりと納め
一文字に口を結んで
世界のおしまいはうん

4、火もしくは龍

田畑に水をもたらした蛇

枯れがれの藁束に戻った蛇
火と合体して
あとうんのむこう
漆黒の夜空を昇る
虚空に還る
火龍となって
阿吽のかなたへ

＊福島県大沼郡会津美里町雀林の法用寺には木造金剛力士立像二躯（藤原時代）があって、国の重要文化財に指定されている。また、雀林では、年中行事のひとつ「蛇のご年始」を一月七日におこなう。

左下《さくだ》り観音堂まえ午睡の夢

そんな意識はないのだが
（どうやら）左肩が下がっている（らしい）
写真に記録された姿は
まぎれもない証拠（として認めざるを得ない）

いつのころからなのか
（自分で意識していないせいで）
どんな理由によるものかわからない
（自分のことさえ知らないことが多い）

左下りと呼ばれる観音堂がある
左下り山中腹の懸け造り建造物
本堂の左側が崖になっている
それで左下り（らしい）

本尊は秘伝無頸《くびなし》観音
（伝承によれば）罪を犯した男が悔い
堂内で観音を念じ奉ったところ
観音は身代わりに斬首された（という）

懸け造りで有名な清水寺の本尊は千手観音
夕顔が六条御息所のものの怪にとり殺され源氏の君は
「清水の観音を念じ奉りてもすべなく思ひまどふ」

ばかりか「むげに弱るやうにしたまふ」

観音さまにも（そのときどきの）都合があろう
首のない仏像
頭部を削られた聖画《イコン》
斬首された男

（人間ばかりか）宗教（までも）が殺しあい
正義どうしが殺しあい
銃口を向けられることもあろう（とき）
左肩が下がっている（のはみっともない）かな

（胸部疾患手術を受けたわけでなし）
左胸をなにかからかばう姿勢（なのかどうか）
銃口を向けられた（と気づいた）とき
左肩が下がっている（としてどうだと言う）のだ

念ずるを知らず
争うを知らず

ただ（うちなる）なにものかをかばう姿勢で
左肩を下げた姿勢で生きている（らしい）

＊左下り観音堂　会津三十三観音第二十一番札所で福島県大沼郡会津美里町本郷字大門にある。

空飛ぶさざえ堂

旅館若松荘まえでタクシーに乗って「さざえ堂」と行き先を告げると、バックミラーのなかの目が「なんだ、こいつ」とこちらを一瞥する。

さて行こうかと甲賀町
いちばん最初は一之町
博労手綱曳いて上二の町
天地神明誓いましょう
栄町から徒歩《かち》きして宮参り
竪三日町で行仁おっとちがった杏仁豆腐食べたべ

上の空にて馬場を駆け抜けよ
野口英世の青春はいかに
いかにも迷惑な迷宮をぐるぐる廻っているふうで
タクシーは左折を繰り返すことしきり
城前の花は春たけなわ
御慶御慶と祝う慶山通り
千石船が湊町に停泊している
タクシーのドアがあくと飯盛山
飯盛山の森のかなた
空飛ぶタクシーの影遠ざかる

二百年むかし、寛政八年（一七九六年）に建立されたというさざえ堂は、正しくは円通三匝堂《さんそうどう》と称し、もともとは三十三観音を安置した巡礼観音堂だ。六角塔状で高さ約十六メートル、外観は三層に見える。入口を入って螺旋状の通路をのぼってゆくと、最上階からそのまま一方通行の下り通路になる。おりてくると入口とは別の出口が待っている。手軽に三十三観音を巡礼できる空間移動装置フライングシップだったというわけだ。

いつのころからか
あるいはさざえ堂が建てられたころからか
なにかがねじれてしまって
どこかでずれて
時間がずれたのか
空間がずれたのか
どこかがひずんで
なにかがぐるぐる渦巻いている

夜陰にまぎれさざえ堂がぐるぐる廻ると
会津盆地もベイゴマのようにぐるぐる廻りだす
檜のふすま戸の建て付けがわるくなったり
表の用水路の水が抜けたり
待ちあわせをしても待ち人に会えない
養蚕を手伝っていた十三歳の娘がかどわかされた
七日も行方しれずだった五歳のはな垂らしが花畑で見つ

かった
東の山では鶴が一羽亀が一匹目をまわしている
さざえ堂がぐるぐる廻る
会津盆地がベイゴマになる
目隠しのままぐるぐる廻され
人びとは方角を見失う

北を玄武
南を朱雀
東を青龍
と言うとき
白虎は西なのに
滝沢峠を白虎隊に守備させるなんて
滝沢峠は鶴ヶ城の北東方角なのに
錦の御旗が迫って来る
追手を逃れ飯盛山

異界へみちびく
人さらい

人差し指
神指し
神隠し

会津の人びとには、さざえ堂で三十三観音の巡礼をしているあいだに、京都の守護をまっとうした藩軍が賊軍にされてしまったと思う無念があるにちがいない。だからタクシーに乗った観光客は「さざえ堂」と言ってはならない。「飯盛山」と言わないと会津っぽには不満なのだ。会津盆地をぐるぐる廻しにしたさざえ堂をその功績によって国は重要文化財に指定した。会津では回転ずしを食べないにしたことはない。食べるとなにが起きるか見当もつかない。そのほか、渦巻き発生装置などに触れてはならない。どこかへかどわかされるかもしれない。蚊取り線香もやばいなっし。

おまけなぞなぞ

この詩のなかに会津若松の町名がいくつある？　なーぞ
答もこの詩のなかにあるかもなっし

＊円通三匝堂、通称さざえ堂は会津若松市にある。
一九九五年（平成七年）、国重要文化財に指定された。

かつみかつみと尋ねありきて

郡山から奥州街道を北へ
壱里半来テヒハダノ宿、馬次也《うまつぎなり》
西方寺にあやめ姫の人身御供《ひとみごくう》を弔う観音像あり
馬を換えさらに北へ

檜皮《ひわだ》の宿を離れて
町はづれ五六丁程過《すぎ》テ
あさか山有《あり》
右ノ方ニ有《ある》小山也
路より近し

あさか山影さへ見ゆる山の井の
西の方帷子《かたひら》と云《いふ》村ニ山ノ井清水ト云有
その浅い水底のような浅き心を
わが思はなくに
わたしはあなたを
とおりいっぺんの浅い心で思っているのではありません
水面の影が揺れると
三百年まえの風景が時空を超え
さらに千年まえの人の思いへと招く

なお馬を北へ
此《この》あたり沼多し
あさかの沼と言う
むかし陸奥に左遷されていた藤中将実方は
節句に花かつみを刈らせたという
この日五月ついたち
かつみ刈比《かるころ》もやゝ近うなれば
みちのくのあさかのぬまの花かつみ
いづれの草を花がつみとは云ぞと

沼を訪《とい》
人にとひ
尋ねありきて
かつみる人に恋やわたらむ
お逢いしているのになおお逢いせずにいられない
あなたへのつらい思いがいつまでつづくのでしょう
あやめも知らぬ恋もするかな
理性も失せ恋に迷うばかりです
みちのおくに更知人《さらにしるひと》なく迷うばかりです
尋ねたづねて旅人二人
さらに北へ

＊元禄二年五月朔日（陽暦六月十七日）松尾芭蕉と河合曽良は郡山から福島へ向かう途中、日和田の宿（郡山市内）を通過した。この詩は、『おくのほそ道』・河合曽良『奥の細道随行日記』『万葉集』『古今和歌集』から多くの語句を引用し、構成した。

酔っぱらっただるま

近藤榮吾くんを懐かしんで

あたらしい年のはじめ
通りの一角を区切って
市が立ち申す

露店が建ち並んで
タコ焼き
イカのポッポ焼き
モンジャ焼き
ソースの焼けるにおいにまじって
カーバイトのにおいがしてくる
白昼にカーバイトランプが灯って

じょっちゃん
こっちゃこ
おもっしぇもの　あっつぉ

声のほうに目をやると
いつの間にか日が暮れて
ずらり並んだ福だるまのあいだに
笑いながら手招きしている
えいごちゃんがいる
えいごちゃんがずいぶんまえに
死んだことを忘れて
ふかい闇のなかにみちびかれる
ふと気づいて
　えいごちゃん　ごめん
　おれ　きょうは帰る

声をかけると
えいごちゃんの姿がふっと消える
昼下がりのだるま市の雑踏のなかに
ひとりとり残されている
開運厄除　家内安全
現世利益の縁起だるまが
えいごちゃんの顔で笑っている

黒目のだるまがいる
白目のだるまがいる
三春だるまの顔は桜色だ
だるまをひとつ買って
さて
　おれ　きょうは帰る

と言ったものの
おもっしぇものを見るのもいいな

　御神酒でご機嫌のだるま
　滝桜の花の色に染まっただるま
　市が栄え申した
　どんとはれぇ

＊福島県田村郡三春町では毎年一月十五日にだるま市が立つ。

村境の森の巨きな神人

星はすばる。ひこぼし。ゆふつづ。
よばひ星、すこしをかし。――『枕草子』

西空低くに
夕つづ星が妖しくまたたきはじめる
夕凪が終わって
はるか風越峠から風の気配が及ぶ
はるか風越峠のむこうから闇の気配が及ぶ
村境の森が闇の気配に潜もうとしている
村境に立つお人形様
お人形様の眼が夕つづ星の光をうけて妖しくまばたきはじめる

昼の光のなかのお人形様
隈どりした面
杉の葉の蓬髪
杉の葉の無精髭

藁の菰《こも》の衣
左腰に鞘
右手に太刀
村境の森の巨きな神人
天由布都々神《あめのゆふつづのかみ》
わざわいをさえぎる神
塞の神

夕つづ星が西山に沈み
お人形様の眼が夕つづ星の光を妖しく放つ
お人形様の眼はらんらんの光を妖しく放つ
村境の森の深まる闇のなかに
村境の森の深まる闇をひき裂いて
お人形様は衣ひき裂き素っ裸になる
太刀のごとく反らせた男根ふりたて
磐城街道を疾風となって駆け抜ける
ダー！
カーッ！
はるか風越峠から疾風至る

屋形のお人形様の下のゲートボール場に、いつのまにか三人、また二人と、もんぺに割烹着《かつぽうぎ》、頭には手拭い、それが制服でもあるかのようにだれもが同じ服装で、手に手に藁束や菰を持って、集落のかあちゃんたちが集まってきた。むかしならきっと莫蓙だったろうに、青いビニールシートを敷いて、十数人のかあちゃんたちが、お人形様に着せる衣や飾り帯などをつくりはじめた。ときどき笑い声がはじけたりしながら、さながらままごと遊びを楽しんでいる雰囲気だ。とうちゃんたちはお人形様が一年間着ていた衣をぬがせ、面に塗料をあたらしく補って、お化粧なおしをする。杉の葉も取り替えてさっぱりと調髪してやる。あたらしい着物と帯を着けたあめのゆうつづのかみは、ごきげんうるわしい表情で太刀を右手に立ち上がる。
人形様のまわりに注連《しめ》が張られる。

はるか風越峠からの疾風に乗って
宵の明星の眼をもつ巨きな神人
深い闇に閉ざされた磐城街道を駆け抜ける
太刀のごとく反った男根からほとばしるしずく
ほとばしるしずく撒きちらし

ダー！
五穀豊穣！
悪疫退散！
無病息災！
カーッ！
おなご神だという朴橋の久延毘古神《くえびこのかみ》に逢いに行くか
闇の空をひき裂いて夜這い星が流れる
　(気がかりなのは)
　(くえびこのかみの名の)
　(ひこの文字)
　(だがまあいいか)
疾風のごときあめのゆうつづのかみに
あれかし

さち

＊お人形様…福島県田村市船引町屋形や朴橋などにある市指定民俗文化財。旧暦三月十五日、十八日に衣替えがおこなわれる。

不条理な死にょう

1

天明三年（一七八三年）は春以降寒冷な東風がつよく、冷気は山を越えて三春領にまで吹き込んできた。六月二十八日（太陽暦五月九日）、浅間山が噴火し、噴煙と降灰は気候異変をいっそう助長した。

2

人はどう生きるのか。
　六月中バニ至リテ、冷気、雨降リ続ク。
　土用中、綿入ニテ暮ス。
　田作《たづくり》ココロモトナキヨシ人々申シ候フ。
人はどう死ぬのか。
　七月、コレより別シテ雨天続ク。
　不作ノ様子ニ付キ、神明明王ニテ五穀成就ノ御祈禱
　　コレ在リ候。
人は死にようを選べるか。
　八月ニ至リ、不作ノ趣キナリ。
　近国所々穀留メニ相ヒ成ル。
　諸色高値ニ相ヒ成ル。
人に首を絞められたことがある。
　此ノ節、川又・三春穀無キニ及ビ、飢エ候フ者ドモ
　　出デ来ル様子ニコレアリ候フヨシ。
人に首を絞められながらなぜ首を絞められねばならないのか理解できなかった。
　御家中・町方大イニ困窮ス。
　牛房葉《ごぼうば》・かへる葉皆々取リニ出デ候。
人に首を絞められながら首を絞められて死ぬなんて納得しかねる死にようだと思った。
　北郷東郷ハ村々皆無《かいむ》多シ。

西郷ハ少々ハ実入リ候フ場所もコレアリ候。

人に首を絞められながら首を絞められて死にたくはないと思った。

辰正月ニ至リ、在々百姓立ち退キ候フ者コレ在ルヨシ。

村々ニ物ヲ給ス。くずわらびこ、或ヒハ藁ノ元を切リ、粉ニ致し給シ候。

自分の死にように納得しつつ死ねたらいいのだが、
在々より乞食夥シク出デ候。

自分の死にように納得できぬままいかに多くの人びとが死んだことか。

其ノ外所々村々逃散《てうさん》もコレ在リ候。

自分の死にように納得できぬまま天明三年冬人びとは飢えて死んだにちがいない。

施粥《せがゆ》、常葉《ときわ》・葛尾《かつらお》村エモ仰セ付ケラレ候。

餓死は納得のゆかぬ死にようである。

袖乞ヒニ出デ候フ者ドモエ御助粥《おたすけがゆ》給シ候ヘドモ、命続キカネ候フヤ、百四人死ニ申シ候。

関本・岩井沢・山根・常葉辺ノ者ノヨシ。


餓死は不条理な死にようである。

3

天明三年飢餓による三春藩内の死者は三千五百人余と言われる。しかし、この年も例年どおりに年貢を領民から徴収している。その後、三界をさまよう餓死者の霊魂に領主は悩まされたのだろうか、餓死者の霊を慰める「三界萬霊等」を三十三年忌にあたる文化十三年（一八一六年）常葉村に建立した。福島県田村郡常葉町川久保地内の都路《みやこじ》街道（二八八号国道）路側に建つ巨石の供養碑は、領主の意識下に潜んでいたものが意識の抑圧を破って出現したそのモニュメントなのででもあろう。「三界萬霊等」の大きさは異様である。

*漢字カタカナ混じりの部分は、三春町大町橋元四郎平蔵「天明三卯年覚書」（『福島県史』第一〇巻（上）「近世資

料3」六一四〜六一六ページ）から抜粋して、書き下し文に改めた。不適切な表現とされる語句が原文中に含まれているが、書かれた時代性による表現であることを考慮し、一部をそのまま残した。

鄙《ひな》の都路《みやこじ》隔《へだ》て来て

1

鄙の都路隔て来て、*1
「みちの奥にみやこぢといふ村ありけり」
と書き出す物語が残されていてもよさそうだ。
都路という村に古道《ふるみち》と名づけられた集落がある。
古道を発して路はみやこに至る。
まだ踏みもみぬ都大路に至るその路を都路というか。

2

「みやこ」ということばにはいにしえからある思いを投影してきた。
「みやこ」とはつぶやくように発せられねばならない。
「みやこ」とつぶやくとそれだけである感情が露頭する。
わたしたちのある想像力がよみがえる、
たとえば草花の名をみやこ草と聞けば、
たとえば鳥の名をみやこ鳥と聞けば。
みやこびとが旅さきで耳にする「みやこ」ということば、
いなかびとがつぶやく「みやこ」ということば。
「みやこ」ということばはみやこを離れ、
鄙にあってこそ呪力を発揮する。

3

都路の古道をそぞろあゆむと、
路のほとりに都忘れがむらさき色の花を咲かせている、
みやこを忘れひとを忘れひっそりと路のほとりに。
みやこ帰りの花もあろうに、
咲きほこるのではなしに。
君が惜しさに、
都路の花さへつらき春の空。*2
空ろうろうとして桜花に紛う。
ひとは、いざ、旅立たんとするか。

ひとは、さて、留まらんとするか。

＊1　謡曲『田村』による。
＊2　この二行は『散木奇歌集』雑上による。

そっぽをむいたしるべの観音

1

光は見えるか
海はまだか

渓流とともに駆けくだる
渓流ぞいの山みちを
ゆき着くさきに海があるとは思えない森の深さのなか
岩と石とが重なりあう谷底の
より低きを求めて流れくだる水と競って
渓流ぞいの人と馬のみちを
転げるように駆けくだる

野盗におびえ
野獣をおそれ
駆けくだる脚よりもさきを
思いが転げくだってゆく

光は見えるか
海はまだか

気づくと
山みちの勾配はいつしかおだやかになって
森の深さの暗がりはいつしかやわらいで
気づくと
ちいさく白い石仏が
みちばたにたたずんでいる
灯されたあかりのように
石に彫られたちいさな観音は
胸で掌をあわせほほえんでいる

両脇に
　右ハ室原道
　左ハ立野道
と刻まれていて
石仏は旅する人のしるべともなる

2

小萱集落の人たち四人ほどが道ばたで話しこんでいるところに通りかかった。馬頭観音のありかを尋ねると即座に返事が戻ってきた。馬頭観音は一一四号国道のかたわらに数基の石碑とともに安置されていた。手許のガイドブックによれば、碑文は
　左は室原道
　右は立野道
だというのだが、どう読んでも
　右ハ室原道
　左ハ立野道
だ。観音像が麓にむいているので、「左は室原道　右は立野道」というのは、なるほど地理に合致していると考えるかもしれない。だが、これはおかしい。右側に「左は」、左側に「右は」と刻み込むだろうか。
この道標がだれのために建てたものかを考えれば、答えはおのずからみちびき出されてくる。山中に入って行こうとする人にとってこれから先は一本道なのだから道標は不要だ。道標は山中からくだって来た旅人のためのものだったのだ。
いまは石仏のおもてが麓にむけられているが、もともとは山にむけて置いたはずだ。山中からくだって来た旅人に渓谷の出口で
　右ハ室原道
　左ハ立野道
とわかれみちを教えたのだ。
おそらく、もっと谷底に近いところにあった古みちのそのかたわらに置かれていたものを、車が通る道路に改修したとき、観音像も移し

たのだが、うっかりそのおもてを逆方向にむ
けたものだろう。

3

山中からかち歩きでおりてくる人の姿はない
拡幅し舗装した道路を
ひたすら疾走するものがある
あれを文明というのか
まばたきのうちに通過してゆく
かげろうのようなもの
気づくことなく
灯されたあかりのようなちいさな石仏
胸で掌をあわせほほえんでいる観音
ひっそりとたたずんでいるもの

はるかに海
そして光の渦

＊馬頭観世音道標碑　福島県双葉郡浪江町室原字滝原にある。

赤い渦状星雲

動物たちがいる
子いぬがいる
仔うまがいる
放たれた矢に狙われているのはいのししか
しかか
かもしかかもしれない
動物たちがいる
墓室のそとの山野に描ききれない動物たちがいる

人びとがいる
弓を射る人
うまに乗る人
立っている人
弓を射そしてうまに乗っているのは少年だ
描かれた人物像は被葬者の生涯を表現しているとされる
きみたちがそうであるように少年時代の被葬者も山野を
駆けまわって動物たちと遊んでいた

ベニガラで描かれた壁画の中心は
だがなんといっても
巨大な渦巻だ
ぐるぐるぐるぐるぐるぐるぐるッ
直径八〇センチもある七重の渦巻だ
さすがのきみたちもこんな大きな〇をもらったことはないだろう
巨大なはてな
はてなはてなはなにかな

双葉南小学校のきみたちよ
きみたちの学校をつくるとき
千三百年のむこうからタイムスリップしてきて
きみたちに投げかけた壁画のはてなについて
千三百年むかしの人びとのメッセージについて
はてななんだろう
きみたちは考えたことがあるだろう

清戸迫《きよとさく》76号横穴墓《おうけつぼ》奥壁ベンガラ塗彩壁画
ベンガラは三酸化二鉄を主成分とする赤色顔料だ
すでに鉄の時代に入っている七世紀
鉄の時代は武器の時代であり権力集中の時代だ
大陸の西方ではコンスタンティノポリスを都とするビザンツ帝国が版図を誇る
大陸の東方には長安を都とする唐帝国が成立した
ヤマトでは大化のクーデターがあって中央集権化がはじまった
朝鮮半島でも新羅による国家の統一がすすんでいる
（こうした集権国家の成立は人びとにとって
はたしてしあわせなことだったのだろうか）

立っている人の肩につながる渦巻
肩口から天にたち昇っているのだろうか
肩口に天から降りくだっているのだろうか
きみたちはどう考えるか
千三百年むかしのメッセージを

肩口から天にたち昇っているのなら
渦巻は立っている人の〈気〉のようなものか
あるいは人がらのようなもの
あるいは気魄のようなもの
あるいは遊魂
さすらう魂魄
でもなぜ肩口からたち昇っているのだろう

肩口に天から降りくだっている渦巻なら
あるいは雲気などと呼ばれるようなもの
万物を生成する自然的存在としての〈気〉か
あるいは霊気などと呼ばれるようなもの
人の命運をつかさどる超自然的存在としての〈気〉か
あるいは死者を復活させるものとしての〈気〉か
でもなぜ肩口に降りくだっているのだろう

立っている人の肩につながる渦巻は
ことによると天空はるかの星雲ではないのか
たとえばアンドロメダ座M《メシエ》31渦状星雲

天空はるかのかすかな光に古代人は特別な意味を見たの
　ではないか
爆発する光の渦
はじまりの光の渦か
終わりの光の渦か

双葉南小学校のきみたちには見えるだろう
学校の裏山を駆けているかもしか
いのししを狙って弓をひきしぼっている人
その頭上の宇宙が爆発する光の渦

きみたちはどう推理するか
千三百年むかしのメッセージを

＊清戸迫第76号横穴墓…福島県双葉郡双葉町にある国指定
　史跡。

鼻取り地蔵の左脚

ふと見ると
田の畦にお地蔵様がいる
お地蔵様は
〈いる〉か
あるいは
〈ある〉か
ひとまず
〈ある〉として
ふと見ると
田の畦にお地蔵様がある
……こんなどこさながったのに

よく見ると
坊主頭の七、八歳のわらしだ
にこにこ笑っている
「手伝うが?」
言うなり

田に入って馬の鼻をとる
早朝からの代掻きに疲れて不機嫌な馬が
うれしそうに働きだした
わらしの鼻どりではかどり
日が沈むまえに代掻きがおわった
お礼を言おうとすると
わらしの姿はもうなかった
畦道に残されていたので
足跡としずくをたどって行くと
地蔵堂にたどり着いた

……助けでくっちゃのは
やっぱりお地蔵様だべが

お地蔵様はいつもどおりにこにこ笑っている
お地蔵様はいつもどおり座り姿でいる
あわてて身づくろいした様子はうかがえない
片膝立てていたりはしない
膝から下が泥で汚れていたりはしない

脚から水がしたたっていたりはしない
馬の鼻どりを手伝ってくれたのが
お地蔵様でなかったとしたら
坊主頭の七、八歳のわらしは
……はで？　だれだべ

啼きながら飛んでいる鳥が三羽
夕焼け空はお地蔵様のよだれかけの色
わらしをお地蔵様だとするには

……お地蔵様さ片脚つけたしてくいっか

＊鼻取地蔵…福島県双葉郡大熊町の初発神社にある延命地蔵が半跏趺坐像であることによる民話が伝えられている。

みなみ風吹く日

1

岸づたいに吹く
南からの風がここちよい
沖あいに波を待つサーファーたちの頭が見えかくれしている
福島県原町市北泉《きたいずみ》海岸
福島第一原子力発電所から北へ二十五キロ
チェルノブイリ事故直後に住民十三万五千人が緊急避難したエリアの内側

たとえば
一九七八年六月
福島第一原子力発電所から北へ八キロ
福島県双葉郡浪江町南棚塩《みなみたなしお》
舛倉隆《ますくらたかし》さん宅の庭に咲くムラサキツユクサの花びらにピンク色の斑点があらわれた
けれど

原発操業との有意性は認められないとされた
たとえば
一九八〇年一月報告
福島第一原子力発電所一号炉南放水口から八百メートル
海岸土砂　ホッキ貝　オカメブンブクからコバルト60を
　検出
たとえば
一九八〇年六月採取
福島第一原子力発電所から北へ八キロ
福島県双葉郡浪江町幾世橋《きよはし》
小学校校庭の空気中からコバルト60を検出
たとえば
一九八八年九月
福島第一原子力発電所から北へ二十五キロ
福島県原町市栄町《さかえちょう》
わたしの頭髪や体毛がいっきに抜け落ちた
いちどの洗髪でごはん茶碗ひとつ分もの頭髪が抜け落ち
　た
むろん
原発操業との有意性が認められることはないだろう
ないだろうがしかし

南からの風がここちよい
波間にただようサーファーたちのはるか沖
二艘のフェリーが左右からゆっくり近づき遠ざかる
気の遠くなる時間が視える
世界の音は絶え
すべて世はこともなし
あるいは
来るべきものをわれわれは視ているか

2
一九七八年十一月二日
チェルノブイリ事故の八年まえ
福島第一原子力発電所三号炉

圧力容器の水圧試験中に制御棒五本脱落
日本最初の臨界状態が七時間三十分もつづく
東京電力は二十九年を経た二〇〇七年三月に事故の隠蔽
　をようやく
認める

あるいは
一九八四年十月二十一日
福島第一原子力発電所二号炉
原子炉の圧力負荷試験中に臨界状態のため緊急停止
東京電力は二十三年を経た二〇〇七年三月に事故の隠蔽
　をようやく
認める

制御棒脱落事故はほかにも
一九七九年二月十二日　福島第一原子力発電所五号炉
一九八〇年九月十日　福島第一原子力発電所二号炉
一九九三年六月十五日　福島第二原子力発電所三号炉
一九九八年二月二十二日　福島第一原子力発電所四号炉

などなど二〇〇七年三月まで隠蔽ののち
福島第一原子力発電所から南南西へはるか二百キロ余
東京都千代田区大手町
経団連ビル内の電気事業連合会ではじめてあかす

二〇〇七年十一月
福島第一原子力発電所から北へ二十五キロ
福島県南相馬市北泉海岸
サーファーの姿もフェリーの影もない
世界の音は絶え
南からの風が肌にまとう
われわれが視ているものはなにか

夢見る野の馬

ふかまりゆく夕やみ
神やしろの杜が沈む
絵馬の繫ぎ馬がやみにまぎれる

遠いほら貝
二頭のはだか馬が駆けてゆく
境内から
野馬原のほうへ
夕やみのなかへ

『平家物語』巻第九「宇治川先陣」によれば、まっさきに宇治川に乗り入れた侍大将梶原景季《かげすえ》騎乗の馬、する墨は源頼朝から給わった標葉《しねは》郡樋渡《ひわたし》村の産だと伝えられる。

夢見る馬よ
野づらをわたる風とともに駆け
水べの葦をはみ
清水湧く木かげにいこい
峰を越える雲を追い
なぎさの波にあそぶ
夢見る馬よ
おまえはどんな夢を見ているのか
おまえはなにを夢見ているのか

『平家物語』巻第九「坂落《さかおとし》」によれば、さあ落とせと下知してまっさきに鵯越《ひよどりごえ》の坂を駆けくだった源氏の大将軍義経の愛馬、太夫黒《たいふぐろ》は藤原秀衡が贈った行方《なめかた》郡上栃窪《かみとちくぼ》村の産だという。

朝霧のなかから
野馬原のほうから
神やしろの杜へ
二頭のはだか馬が駆けてくる
黒き馬のきわめて太うたくましいが

夏の陽射しに汗したたらせ
野馬原を駆けている馬たちよ
おまえはどんな夢を見ているのか
おまえはなにを夢見ているのか

＊野馬追祭は旧標葉郡樋渡村、行方郡上栃窪村をふくむ旧相馬藩領内でおこなわれてきた。

逃げる　戻る

わたし、わたしたちは逃げだした
逃げなかった人、人たちがいた
逃げだしたかったのに逃げることができなかった人、人
　たち
逃げたくはなかったのに逃げざるをえなかった人、人た
　ち
逃げた人、人たち
逃げなかった人、人たち
それぞれに事情があって
それぞれの判断があった
それぞれの判断を許されない人、人たちがいた

わたし、わたしたちは戻ってきた
戻ってこなかった人、人たちがいる
戻ってきたかったのに戻ることができない人、人たち
戻りたくはなかったのに戻らざるをえなかった人、人た
　ち
戻った人、人たち
戻らない人、人たち
それぞれに事情があって
それぞれの判断があった
それぞれの判断を許されない人、人たちがいる

メルトダウンした〈核発電〉施設から二五キロ
わたし、わたしたちは求められるのだろうか
それぞれの判断をふたたび
あるいは判断を許されずに
わたし、わたしたちはふたたび

（「東京新聞」二〇一二年四月二十八日・夕刊）

町がメルトダウンしてしまった

1
米屋　八百屋　魚屋　豆腐屋　味噌醤油屋　漬物屋
羊羹屋　煎餅屋　菓子屋　駄菓子屋
酒屋　油屋　牛乳屋　氷屋　荒物屋　炭屋　亜炭屋
呉服屋　洋品店　仕立屋　織屋　網屋　染物屋　洗濯屋
文房具屋　本屋　時計屋　写真屋　印刷屋　新聞屋
薬屋　医院　産婆　床屋　髪結い　下駄屋　靴屋
花屋　造花屋　箔屋　飾屋　仏具屋　寺
旅館　料理屋　食堂　芝居小屋　釣具屋
郵便局　銀行　信用金庫　質屋
バス会社　運送屋　馬車屋　博労　便利屋
材木屋　木工所　簞笥屋　建具屋　畳屋　布団屋　棟梁
瓦屋　トタン屋　ブリキ屋　金物屋　鋳物屋
鍋釜屋　鋳掛け屋　農具屋　蹄鉄屋

2
わたしが育った町は人口ほぼ一万人
端から端まで十五分も歩けば尽きる街並に
ぎっしりとさまざまな店が軒を並べていた
さまざまな職人が店先で仕事をしていた
暮してゆくためのたいがいのものは町のなかにあって
暮しを支えあっている関係がうまく成立していたのだろ
う
障害のある人にも仕事があって
閉鎖的なムラではなく外にも開かれていて
ヨーロッパの〈シティ〉で市民文化が発祥したように
江戸時代末期ごろから昭和のはじめごろまでに
日本でも地方の小都市に市民文化が醸成されつつあった
そんな町の仕組みを壊したのが一億総動員体制だ
国民皆兵やら〈隣組〉やら愛国婦人会やらが
わたしが育った町を壊していった

3
福島県相馬郡小高町《おだかまち》は小ぶりながら
わたしが育った町によく似た町だった

旧街道の一本道の中央に水路があって
暮しを支えあっている町の人びとの関係を象徴していた
駒村《くそん》・大曲《おおまがり》省三の近所に五歳年長の余生・鈴木良雄と一
　歳年少の布鼓《ふこ》・原隆明がいた
彼らは俳句グループ渋茶会をつくって研鑽しあった
早世した良雄の『余生遺稿』を省三は自費で出版した
省三が『川柳辞彙』編纂に没頭して生活に困窮すると
隆明が省三の生活をさまざまなかたちで援助した
省三が亡くなると良雄の子安蔵は「駒村さんのことど
　も」を書いて追悼した
隆明は自家の墓所に省三の墓を建ててその死を慰めた
平田良衛と二歳年少の鈴木安蔵とはともに相馬中学校と
　第二高等学校で学び
たがいに敬意をいだいて励ましあった
良衛はレーニン『何をなすべきか』を訳し『日本資本主
　義発達史講座』を編集した
安蔵は『憲法の歴史的研究』を著し『憲法草案要綱』を
　公表した

市民文化を醸成していた地方の小都市の仕組みを壊した
　のが一億総動員体制だ
国民皆兵やら〈隣組〉やら愛国婦人会やらが
大曲駒村や鈴木安蔵をはぐくんだ町を壊していった

4

暮しを支えあう関係がなんとか残っていた地方の小都市
　に
アメリカ渡来の大型店が闖入してきた
まわりの小さな店がひとつまたひとつと店じまいをした
豆腐屋が豆腐をつくるのをやめ
八百屋が店を閉め
仕立屋から職人がいなくなった
町なかにシャッターが降りたままの店がふえた

郊外により大きなスーパーマーケットが開業すると
町なかの大型店はさっさと撤退した
町なかを歩いている人がいなくなって
通りは車が移動するためだけのものになって

町は町としての機能をなくしてしまった

5
アメリカ渡来の〈核発電所〉が暴発して
〈核発電所〉から一五キロの小高町は〈警戒区域〉になった
〈警戒区域〉とは警戒していればいいのかというと
そうではなくて区域外に避難せよという指示だ
そこから出て行けという指示だ
〈核発電所〉のメルトダウンがあって
地方のどこにでもあるような町がメルトダウンしてしまった
いくつもの町がだれも住めない場所になってしまった
町は町でなくなってしまった

(『新現代詩』第十五号、新現代詩の会・二〇一二年三月一日)

ある海辺の小学校

太平洋に面して小学校がありました
請戸《うけど》小学校といいました
電源立地促進対策交付金を受けて
校舎が新しくなりました

グラウンドやプールからは
こどもたちの歓声が響いていました
展望塔があって水平線を行く船が見えます
まぢかには福島第一原発の排気筒が見えます

六キロ先の福島第一原発で核災があって
請戸小学校からこどもたちがいなくなりました
無人の校舎が海辺にたちつくしています

体育館のステージに掲げられています

祝　修・卒業証書授与式

二〇一一年三月から時間が止まったままです
（『いのちの籠』第二十六号・戦争と平和を考える詩の会・
　二〇一四年一月二十五日）

子どもたちのまなざし

一般人の平常時年間被曝限度量は一ミリシーベルトとされている
一時間あたりに換算すると〇・一一四マイクロシーベルト
二〇一一年九月三十日の環境放射線量測定結果によれば
毎時〇・一一四マイクロシーベルト以下だったのは
中通り地方では県南の三町
ほかはすべて西会津と南会津の一市六町二村だけ
この日　国は原発から二十〜三十キロ圏の緊急時避難準備区域の指定を解いた

チェルノブイリ事故後八年
キエフ小児科・産婦人科研究所病院
甲状腺癌治療のために入院している子どもたち
彼女たちのまなざしを忘れることができない
すがりつくような
訴えるような
病気からの救出を期待しての

フクシマ事故後八年
すがりつくような
訴えるような
病気からの救出を期待しての
あのまなざしを向けるのだろうか
二〇一九年フクシマの子どもたちも
わたしたちに対して

（『いのちの籠』第二十号・戦争と平和を考える詩の会・
　二〇一二年二月二十五日）

不条理な死が絶えない

戦争のない国なのに町や村が壊滅してしまった
あるいは天災だったら諦めもつこうが
いや天災だって諦めようがないのに
〈核災〉は人びとの生きがいを奪い未来を奪った

二〇一一年四月十二日、福島県相馬郡飯舘村
村が計画的避難区域に指定された翌朝
百二歳の村最高齢男性が服装を整えて自死した
「生きすぎた　おれはここから出たくない

二〇一一年六月十一日、福島県相馬市玉野
出荷停止された原乳を捨てる苦しみの日々があって
四十頭を飼育していた五十四歳男性が堆肥舎で死亡
「原発で手足ちぎられ酪農家

二〇一一年六月二十二日、福島県南相馬市原町区
家族と別れ自宅でのひとり暮らしもしたりして
九十三歳の女性が遺書四通を残して庭で自死した
「さようなら　私はお墓にひなんします

二〇一一年七月一日、福島県伊達郡川俣町山木屋
計画的避難区域内の家に一時帰宅していてのこと
失職中の五十八歳女性が近くの空き地で焼身した
「避難したくない　元の暮らしをしたい

二〇一二年五月二十八日、福島県双葉郡浪江町
商店を営んでいた町が警戒区域となって一年二か月
六十二歳の男性が一時帰宅中に倉庫内で自死した
「もうこのまま戻れないいんじゃないか

遺族たちが東京電力を提訴・告訴しても
因果関係を立証できないと却下されるだろう
生きがいを奪われた人びとの死が絶えない
戦争のない国なのに不条理な死が絶えない

（『詩人会議』詩人会議・二〇一二年八月号）

籾米を秋の田に蒔く

1、春
一面に雑草が生い茂っている
津波で冠水した田に
瓦礫や漂着物のほとんどは取り片付けられたものの
テトラポッドが墓石のように残されている
漁船が場違いな場所でかしいだまま放置されている

一面に雑草が生い茂っている
津波で冠水した田ではない
四月二十二日、福島県は農水省と協議して、福島第一原
　発周辺の警戒区域、計画的避難区域、緊急時避難準備
　区域内の水田での耕作を禁止したために
福島県内水田の八分の一に相当する約一万ヘクタールで
　の稲作を禁止したために

2、夏
伸びほうだいに雑草が茂っているなか
穂ばらみした稲が収穫を待っている水田がある
一年でも休耕したら田が荒れると
放射能の影響は自分で確かめると
自分が食べるものは自分で作ると
田植えをした農夫がいた

3、秋
八月十日、農水省は作付け禁止区域での産米の出荷と販
　売を禁止、産米の全量　廃棄処分を義務づけた
放射能の影響を自分で確かめる自由もないのか
自分が食べるものを自分で作る自由もないのか

十月のある日
刈りとったあとの稲株がひろがる田に
収穫したばかりの籾米を撒く
いや
収穫したばかりの籾米を蒔く

農夫の心情は〈想定外〉なのか

（『詩人会議』詩人会議・二〇一二年一月号）

飯崎《はんさき》の桜

いつもの年なら
人びとの目をなぐさめ楽しませる
樹齢三百年のべにしだれ桜は
愛でる人なしにことしは散った

丘のうえの小さな墓地の中央
傘状に枝をひろげて墓地を包んで
夕陽をうけて妖しい色に染まる
死者のために咲くべにしだれ桜

丘からははるかに海が望める
津波が襲った海岸からは
妖しく咲くべにしだれ桜が見えるだろう

死者をなぐさめるためにのみ咲いて
原発事故で立ち入りが禁止され
無人となった丘のうえで咲いて

（『いのちの籠』第十九号・戦争と平和を考える詩の会・
二〇一一年十月二十五日）

萱浜《かいばま》の鯉のぼり

いつもの年なら
四月から五月にかけて
こどものいる家々の庭に
鯉のぼりが揚げられる

鯉のぼりが揚げられずに
端午の節句が過ぎた空を

ことしは季節はずれの
鯉のぼりが泳いでいる

津波が襲ってきて
家族が行き方知れずになった家の
家も流されてしまった庭に

行き方知れずの家族が帰って来られるよう
帰って来るよすがにと
おおきな緋鯉が夏空を泳いでいる

（『いのちの籠』第十九号・戦争と平和を考える詩の会・二〇一一年十月二十五日）

記憶と想像

わたしたちは二十五年まえの事故を知っている
わたしたちは二十五年まえの事故がまだ終熄していないことを知っている
わたしたちは福島の事故がまだ終熄していないことを知っている
わたしたちは二十五年のちの福島がどうなっているかを知らない
わたしたちはあしたの福島がどうなるかを知らない

わたしたちは二百万年のちの人類がどう生きるかを知らない
わたしたちは二百万年まえの人類がどう生きたかを知らない

わたしは想像してみる
二百万年まえに人類がいて
ひとつの高度な文明を築いた人類がいて
第三紀鮮新世の終わりごろに滅亡した人類がいて
原子力を発電に用いた人類がいて
原子力の制御に失敗した人類がいて
第三紀と第四紀のあいだに大地殻変動があって

第四紀洪積世のはじめにその記憶が失われてしまった
第四紀洪積世のはじめにその痕跡が失われてしまった
のではなかったのかと
わたしは想像してみる
二百万年まえに新しい人類が
最初からやりなおしをはじめた
のではなかったのかと

わたしたちは二百万年のちの人類について知らない
彼らがわたしたちを二百万年のちに記憶しているか
わたしたちが彼らの記憶にとどめられている存在なのか
わたしたちは想像できない

＊二十五年まえ、一九八六年チェルノブイリ原発事故発生。二百万年まえ、新生代は第三紀鮮新世から第四紀洪積世となり、アフリカに猿人が出現した。

（『詩と思想詩人集二〇一一』土曜美術社出版販売・二〇一一年）

解説・詩人論

稀に見る晴朗、堅固な批評精神　三谷晃一

若松丈太郎詩選集に　石川逸子

北狄《ほくてき》の精神を問い続ける人　鈴木比佐雄

稀に見る晴朗、堅固な批評精神

三谷　晃一

　若松丈太郎を読んでいて、いい詩人というのはどこかの県に、ある決まった数だけいる、という奇妙な考えが頭に浮かんだ。実際はそんなふうには事は運ばないけれども、そう考えなければ、彼のような詩人が、県内に住んでいたという事実の説明がつかぬような気がしたのである。彼と付き合うようになったのは、昭和五十一年、福島県現代詩人会が出来てからである。ご承知のように福島県は岩手県に次ぐ広い面積を持っている上に、昔は十以上もの藩に分かれていて、地域を隔てる微妙な壁があった。いまにして思うと、詩人会の結成は実に大きな効用を地域にもたらしたと思う。なにしろ私の住む郡山市から彼のところまで電車で行こうとすれば、一旦、隣県の仙台に出なければならない。仙台から常磐線に乗り換えて約一時間半、やっと彼の街に着くという仕儀である。車で直行しても二時間半はかかる。なかなか彼と出会う機会がなかった理由はこれで分かると思うが、なおかつ私が彼を知らなかったのは、どちらかといえば内向きの、日頃の彼の活動ぶりのせいだったろう。彼は無口でもの静かな、自己主張の少ないタイプの詩人なのである。第二回「福田正夫賞」を受賞した詩集『海のほうへ海のほうから』を読んだ人は、むしろ相反する印象を持つかもしれないが、自己主張はいつも騒がしいとは限らない。彼が多くの信頼をつなぎ止める理由はこの辺りにある。

　彼は、私の表現を使えば「晴朗な」詩人である。「晴朗」とは妙なことをいうと思われるかもしれないが、彼の詩は原発や環境の汚染や、どんな厳しい主題を扱っても、現代詩が陥りがちな悪い特徴の一つである、無理に「翳」を作るということがない、それだから晴朗なのである。さらにまた平明でもある。だれもが出来そうで、だれもしようとしない、このような彼の詩作のあり方はいまこそ評価されなければならないと私は思っている。

　彼について、こんど初めて知ったことがいくつかあった。彼は福島の人ではなく、岩手県江刺の生まれであり、中学までその地に、高校時代は水沢で過ごしている。この一帯は北上川流域、周知のように東北古代文化の伝承が色濃く残る土地柄である。また彼自身がいうように、「賢治ワールド」の一部であり、「鹿踊のはじまり」に出てくる「シシオドリ」のリズムを聴きながら成長した。一族がまた詩に親しむ血統で、曽祖父は俳諧を、祖父と叔父は短歌、さらに上の叔父若松千代作は詩人としてかなり知られた存在であった。戦前の同人誌『風』は千代作の追悼号を出し、草野心平、及川均、佐伯郁郎らが追悼文を書いている。佐伯は戦後も岩手詩壇の中核的存在として活躍するが、彼が丈太郎の母の従兄に当たることも初めて知ったことの一つである。若松丈太郎が詩人としての道を歩むようになるのはいわば必然の結果であったと考えられよう。同時に、中学生の時、家のなかにあったリンゴ箱のなかから金子光晴の『鮫』を発見、大きな感銘を受けたことは、その後の彼の詩的世界を決定づけた事件のように私には思われる。

私は「現代詩文庫」を開くと、真っ先に『年譜』を読む。『年譜』くらい面白い読み物はない。初めて手にする詩人のものであっても、『年譜』は実に多くの事柄を私に語ってくれる。彼は福島大学に学び、高校教諭となって岩手県を離れるが、その勤務先がたまたま小高、相馬、原町と、旧相馬藩に属する土地だけを歩いたというのは、彼を語る場合に見逃せない出来事である。そうなったのは妻蓉子さんとの関係であろうが、この土地は埴谷雄高の出身地であり、島尾敏雄の両親が生まれた土地でもある。彼の『年譜』には、戦後文学に大きな足跡を残したこの二人の作家の名前がなんども出てくる。そして現在も町の委嘱を受けて小高町に建設される「埴谷・島尾文学資料館」の準備に関わっている。たんに郷里の先輩というだけでなく、その関わり方はこの二人の先達に寄せる彼の深い傾倒を意味する。ある時は武蔵境に病床の埴谷を見舞い、ある時は奄美まで島尾ミホを訪ねて敏雄の故地加計呂麻島呑之浦を一緒に歩いているのはその傾倒のなせるわざである。最初に彼に影響を与えたと考えられる郷里の詩人宮沢賢治、それに金子光晴、ドストエフスキーから埴谷、島尾とたどっていくと、彼の詩、思想の骨格はほぼ完成すると見てよい。偶然の出会いもあるが、偶然もすべて彼に幸いしている。彼の足跡を眺めてきて、これほど詩的環境に恵まれるということはただ羨ましいというほかはない。

しかし彼が、よくあるようにそれら先達のあとをひたすらなぞったという形跡はない。彼には彼の本領があって、私はそれを「晴朗」と呼んだが、その顕著な表われの一つは「諧謔」の精神であろうと思っている。彼が最後に勤めた原町高の学校新聞を見せてもらったが、そのなかに生徒のインタビュー記事が載っている。詩集がもうちょっとのところで「H氏賞」を逸したということを聞き込んだ部員が、そのことを質問すると、彼はすまして「きっとH度が足りなかったせいでしょう。」と答えている。「人間臭を超越した」とはそのなかの生徒評の一部だが、それでいて生徒間ではなかなかの人気があったようである。子供たちは鋭く先生を見ているのである。一寸したところに表われる彼の「諧謔」精神が詩集『海のほうへ　海のほうから』の一章「海辺からのたより」にいかんなく発揮されているのは、見たとおりである。しかし「諧謔」だけを語ってはほんとうの彼の姿に迫り得まい。私に彼の詩を語る力はないが、仙台のすぐれた詩人尾花仙朔氏の評「恐山を現象化してこれほどの作は容易に創り得ないと思います。」に共感した。「恐山」は百四十八行に及ぶ長詩であるが、息切れがない。息切れがないということは、それが「作りもの」ではないということである。尾花さんのいう「現象化」とはそのことである。彼は一九九四年、「福島県民チェルノブイリ視察調査団」に加わり、連詩「かなしみの土地」を詩華集『悲歌』（銅林社刊）に発表するが、ここにはプロパガンダや観光詩の匂いはケほどもない。「現象化」は何のケレンもなく行なわれる。「恐山」と違い、身近な、現代での素材だけに、読者はまっすぐにその場に連れていかれる。そしてたんなる「現象」ではなく、ここに捉えられた「現象」の前に佇つ以外に、なに一つ打って出る方法を持たない自分自身に気付かされるのである。「晴朗」な詩人は、なにごとにも見てないふうに装いながら、人間の心で、実は多くのものを黙って見ている。

詩が困難な時代であることは、若松丈太郎にとっても変わりはなく、彼が問題の外にいるわけではない。個人の力には限界があるのは当然だが、それを乗り越えるためには、問題をこちら側に引き寄せるのでなく、恐山やチェルノブイリでしたように、そのなかにすうっと入っていくことで一つの可能性をさぐり当てる期待がある。彼はそれだけの資質を持つ、稀な詩人である。

（一九九六年）

若松丈太郎詩選集に

石川　逸子

勿来《なこそ》より南で暮らしたことがない詩人。母の実家は、人首村《ひとかべ》。侵略のヤマト軍と戦った先住民族を束ねる悪路王の一族にいたといわれる美少年、人首丸。村人にかくまわれ、大森山の岩窟に隠れていたが、見つけられ、首討たれてしまったとか。その村で生まれた若松丈太郎氏は、ひょっとして自分は悪路王の末裔か、かくまった村人の子孫であろうと感じている。

「まつろわぬもの」のＤＮＡが、彼のなかには色濃く流れているのだ。

それは、相聞歌のひびきが底流となっている第一詩集にも、はやあらわれている。

「地上の空気のまずさに海底を求め」「沈黙を抱擁しよう」と「何もかも忘れ　知りたくないので貝にな」り、「岩にへばりついている」二人。でも、やはり、そのままではいられない。「あなた　行きましょう　貝になれなかった仲間たちのところへ（略）仲間と一緒の苦しみの中に　明日は今日よりも希望があるんだわ（略）行きましょう」と結ばれる詩「貝の対話」に、氏の決意を見る。

それから二十六年経って発刊された第二詩集『海のほうへ　海のほうから』（一九八六年）中の長編詩「海辺からのたより」では、原発を誘致して怪しく変貌していく海辺の町の様相がユーラモスかつ痛烈な手法で描かれる。

井上ひさしの『吉里吉里人』ならぬ「古里古里人」たちは、マッサージ機が、ずらりと並ぶ万人風呂で碁・将棋、カラオケ、庭に出てゲートボール。「なんもすたぐねどきゃ寝転がってればええ／みんなすて天国だぁ天国だぁてんのっしゃ」と、悦に入る。

仕事といえば、なあに、なんのことはない、「ホームのブザーば鳴ったどぎに／湯っこ湧がすてる工場さでばって／首さアラームメータつうもんばぶら下げて／つりとりとモップすて掃除せばそれでええのっしゃ」との終章に、天国の行きつく先の地獄が暗示される。

そう、このときすでに、詩人は人工衛星がとらえた仙台湾から塩屋埼にかけての海の写真を見て、その地獄を予感していた。

ぼくらの町の沖いっぱいに鳥の翼のかたちでひろがる
　もの
羽撃いている鳥の翼ではなく
渚に落ちた鳥の翼のかたちで
あの終末の色
ひろがる　RED TIDE
ぼくらの肉眼ではじかに見ることができない
巨大な死の翼
　　―「海辺からのたより　八」部分

「海辺からのたより　七」に記される「赤白だんだら縞に染めた高さ二百メートルの松茸型タワーを建てる」プランにより、みごとに消えてしまった松林。ここで皮肉られた「松茸型タワー」は、原発であろう。原発は、在るだけで常に、放射能をふくんだ温かい水を海に放出する、いわば「海温め装置」だ。Red Tide すなわち赤潮。プランクトンの異常増殖のため海水が変色し、魚介類に被害を与え、生態系を壊していく赤潮の出現は、大規模な護岸工事が魚鳥に必要な干潟を壊し、原発の稼働により、放射能の毒を海に垂れ流し続けている証しだ。

なのに、「札束くわえた詐欺師の墨染め鷺の幼鳥」はかまわず「ウランガイー　ウランガイー」と啼いているとは！　寓話に託した詩人の嘆きであり、義憤である。

同詩集の同じく長編詩「九艘泊《くそうどまり》」では、氏は、海近くの土地に「熊やとどの毛皮をまとって」あらわれた「髯濃く魁偉な一団」が山林を切り開き種を蒔いた、はるか古えに想いを馳せ、その彼らがヤマト侵略者によって鎮圧されていく歴史をたどる。

大宮人が目にする二つのさらし首。
胆沢《いさわ》の野の草のように密生したモレのひげ
胆沢の風景を内蔵して見開いたままのアテルイの眼

しかし、ヤマトへの反骨のＤＮＡは延々と続いていて、安藤昌益、芦東山《あしとうざん》、高野長英、三閉伊《さんへい》一揆指導者三浦命助、五日市憲法草案を起草した千葉卓三郎、宮澤賢治、日本国憲法草案を起草した鈴木安蔵《やすぞう》などを輩出した風土にあって、畏敬の念をもって詩人は彼らへの賛歌を歌う。

たとえば、千葉卓三郎への賛歌。「ひとびとの額に生命の光あふれる国のための／思想の渡り鳥一羽旅に病む」

あるいは、安藤昌益への賛歌。「往診帰りの町医者は磯にたたずむ／白さが混じるびんの毛に風」と（いずれも部分）。

そして、「日常のひずんだひかりのなかで／なにかをなくしてしまったぼくら」といいつつも、ふとその日常のさなかに立ちあらわれるモレ・アテルイのさらし首。二十世紀後半を生きる詩人のなかに先人のＤＮＡは、しっかりと植えこまれ、励ましを与えつづける。

なにしろ少年の日にも、桜木橋に立ち、「千年むかしの光をうかべ」ながれる北上川の川風を受けたとき、ここそ「全宇宙の中心」と思えたのだったから。そこからやや下流は跡呂井《あところい》。かつてアテルイの根拠地がそこにあった、そうおもったとき、討たれ、さらし首にされてなお、「都の辻で夕焼け空を睥睨した」アテルイをおもい、若松少年の胸はどんなに高鳴ったことだろう。

氏の目は、その宇宙の中心から次第に外へ、米軍による長崎への原爆投下、沖縄戦へ、万人坑、アウシュヴィッツ、ヴェトナム戦争へと広がっていったが、一九九四年、被曝後のチェルノブイリを訪ねたことで、福島第一原発事故をきっかり予言する名詩「かなしみの土地」が誕生する。

一九八六年チェルノブイリで原発四号炉が爆発してから八年後の春、若松氏たち「チェルノブイリ福島調査団」を迎えて、チェルノブイリ国際学術調査センター主任・ウラディミール・シェロシタンは挨拶した。

「かなしい町であるチェルノブイリへようこそ！」と。

四号炉は、「石棺」に覆われていた。

コンクリート五〇万m^3、鉄材六〇〇〇トンで辛うじて封じられた「冥王プルートの悪霊」は、今にも蘇生しそうだといい、線量計ははげしく反応し、振り切れる。

「観光用展望台」といわれても、「焼香台」の名称こそふさわしい、と氏は感じ、五分といたくないと思っている。

しかし、立ち入り禁止が建前の三〇㎞ゾーンで暮らしているひとたちは意外に多く、それぞれの事情を記しながら、氏はつぶやく。

「事が起こると普通の生活を維持できなくなるのが普通の人たちである。普通の人たちが生きるためには《死》に身を曝さなければならない。」

そのときさすがの若松氏も、約十九年後に自らが同様の選択をすることになろうとは思っていない。四万五千人が二時間のうちに消えたプリピャチ、「神隠しされた街」に立って、福島第一原発を中心に据えた半径三〇㎞ゾーンを丹念になぞり、「私の住む原町市がふくまれる」と心底ぞっとしたのだった。

「神隠しされた街」とは、なんと適切で怖ろしい表現であろうか。いや、怖ろしいのは表現でなくて目の前の現実なのだった。

チョウが草花に羽をやすめている
ハエがおちつきなく動いている
蚊柱が回転している
街路樹の葉が風に身をゆだねている
それなのに
人声のしない都市
人の歩いていない都市
四万五千の人びとがかくれんぼしている都市
鬼の私は捜しまわる
幼稚園のホールに投げ捨てられた玩具
台所のこんろにかけられたシチュー鍋
オフィスの机上のひろげたままの書類
——「神隠しされた街」部分

ほんの三日間ほどで帰ってこられると身の回りのわずかな物を持ってバスに乗り、二度ともどれなかった！

「人びとのいのちと／人びとがつくった都市と／ほろびをきそいあう」のを、若松氏は間近に見たのだった。

チェルノブイリからもどってきて十三年後に起きた新潟県中越沖地震に震撼した氏は、「恐れのなかに恐るべかりけるは」の詩を書く。メルトダウン寸前だった柏崎刈羽原発。かつて鴨長明も「恐れのなかに恐るべかりけるは　地震《なゐ》なりけりとこそ覚え侍りしか」と言っていたというのに！

そして地震が起きなくても、原発はすでに放射能の毒をふりまいていた。ムラサキツユクサの花びらにピンク色の斑点、海岸土砂、ホッキ貝、小学校の校庭からコバルト六〇を検出。頭髪、体毛の抜け落ちなどなど。

あるとき、小さな集落の道ばたで馬頭観音を見つけた詩人は、もはや山中から降りてくる人はなく、広く舗装した道路を車が疾走していくのを見る。「あれを文明というのか／まばたきのうちに通過してゆく／かげろうのようなもの／気づくことなく／灯されたあかりのようなちいさな石仏」。

しかし、氏の警告、予感もむなしく、二〇一一年三月、ついにメルトダウンしてしまった福島第一原発。それは幾千年つづいてきた町や村のメルトダウンでもあった。

戦争のない国なのに町や村が壊滅してしまった
あるいは天災だったら諦めもつこうが
いや天災だって諦めようがないのに
〈核災〉は人びとの生きがいを奪い未来を奪った
――「不条理な死が絶えない」部分

原発で立ち入り禁止され、死者をなぐさめるためのみに咲く樹齢三〇〇年の飯崎のべにしだれ桜に想いを馳せつつ、氏は、福島原発の電力を使用するのは、福島人ではなく、東京人である不条理に憤激する。なぜ東京で使用する電力を、わざわざ遠い福島に建てるのか。東電は原発の危険を知っていればこそ、東京には建てないのだ。

電力業界で公然と、「東電さんは植民地があってうらやましい」と言っていることを、核災後に耳にし、「わたしたちが生きている土地にいま起きていることのすべてが理解できた」という若松丈太郎氏。

この夏、氏をお訪ねしたとき、言われた。

「なぜ『東北』というのか、自分たち自身がいうはずはない。『西南』と言わないのに、なぜ？　命名したのは『西南』のひとたち。近世から近代に遷るときに定まった呼び名です。」

詩人はいま、問う。

「わたしたちが、こっちはこっちだけでやるから、そっちはそっちだけでやったらと、手を引いたら、非自給的・非生産的な『東京』はどうなるか？　いつまでつづく？　わたしたちのくにで、もし太陽が昇らなかったら、『東京』も世界も、夜のままでいなければならない。」

その問いを重く重く都会人の一人として、私も受け止めねばならないだろう。

「東京は福島から二五〇キロ離れていますから安全です」とプレゼンし、ぼう大な被災者の今に続く苦難にそっぽを向いてオリンピック招致した現政権や東京都知事など論外というほかない。


―特定秘密保護法強行採決の日（二〇一三年十二月七日）に―

北狄《ほくてき》の精神を問い続ける人
『若松丈太郎詩選集一三〇篇』に寄せて

鈴木　比佐雄

1

東日本大震災以後の日本において、若松丈太郎さんの詩「神隠しされた街」は、多くの新聞やメディアで知らされ、原発事故が予知されていたものであることを認識するための最良の詩であったろう。若松さんの詩には、時代の先を見通した真実を語りだす真摯さや勇気が宿っていたのだ。日頃あまり詩を読まない人びとが若松さんの詩の魅力にやっと気付き始めたのかも知れない。ただ評論集『福島原発難民』や『福島核災棄民』には、合わせて十数篇ぐらいしか詩は収録されていないので、詩人としての若松さんの全貌を知ることが今まで出来なかった。なぜ詩「神隠しされた街」のような日本の危機を予知していた詩が書かれたのか。その問いを解くには、若松さんの刊行してきた八冊の詩集（詩文庫も含む）の詩篇を辿ることが必要だ。今回の『若松丈太郎詩選集一三〇篇』は、その要望に応えるものになっている。

一三〇篇を通読して感ずることは、若松さんが二十六、七歳で刊行した第一詩集『夜の森』から、すでに若松さんの歴史観や文明批判が存在していて、壮大なスケールの独創的な叙事詩が記されていて、現在までその試みが継続されて深化し広がり続けていることだった。一九三五年に岩手県奥州市に生まれた若松さんは、戦後詩の詩人たちが担ってきた戦争責任や人権・平和などの問題を根底に抱えているが、その根底のさらに深淵に、東北のまつろわぬ民の歴史を背負っていることが明らかになってくる。若松さんがテーマとする人物たちは、若松さんを通して再びこの現代にその精神を露わにされていたのだ。その意味では縄文や蝦夷や東北の地霊や荒ぶる魂が若松さんの詩行から時に噴出してきて、読者はその霊気に取り囲まれてしまう瞬間がある。そんな現代でありながら数千年数万年の時間を感じさせてくれる詩篇は、宮沢賢治の他には数少ないだろう。東日本大震災・東京電力福島第一原発の悲劇的な事故によって若松さんという詩人の存在が露出してきたことは、そのような東北の歴史・文化の賜物だと思われる。詩「鶴」の一部を引用してみたい。

（略）
鶴がとぶ
こころの星宿の
南から北へ
白い鶴
一羽
こころの星宿は
夜空に拡溶し
鶴がとぶ
か細い首に
愛することの確かさ
を秘め
白い鶴
一羽

われらエテルニテを祈るものにとり　あらゆる
地上の街は異郷であることを、凍結された壁の間でこ
　そ祈らねばならぬことを
愛に戦慄せよ
あらゆるものがわれらと異質のものならば

鶴がとぶ
白い鶴
一羽
無限空間を
（略）
おまえの小さな乳房に宿る鶴座の主星αとβとに唇を
触れおまえの光のすべてを輝かすことができるのはわ
たしだけであることを、そのとき南の空低い星宿の鶴
もやすらぎの姿態を示すことを
おまえは白い肌を戦かせ
祈ることばの反芻のなかで唄う
　わたしは鶴となってここに到り
不死鳥となってここをとびたつ

胸に手を組め
エテルニテを祈れ
鶴がとぶ
（詩「鶴」の中間部分と後半部分）

二十代半ば過ぎの若松さんは、岩手県奥州市に生まれ育ち、福島大学を卒業し南相馬市で教員生活を始め、伴侶も得てその地に定住した頃だった。その鶴座（Grus）は、晩秋に見える南天の星座の一つであるそうだが、若松さんにとって鶴座の主星のαとβなどが夜空を駆ける姿が、「エテルニテ」（永遠）の祈りを感じさせてくれるものであった。さらにその永遠によって、「地上の街は異郷であることを」告げられたが、地上の街の「凍結された壁の間でこそ」その壁を取り除くように祈るべきだと告げている。一人の妻への愛を語りながらも、地上の人びとが互いに愛し合うことを祈って書かれ、さらに天上にある「エテルニテ」（永遠）の愛を詠いあげた、とても高貴な魂を抱えた詩篇だと私には感じられた。その後の若松さんの詩作の原点は、この地上でありながらも天上である宇宙の視点を決して忘れないことや、リアリズムでありながらも底に抒情性や形而上的な存在論を抱えながら詩作をする特長がよく出ていることだと考えられた。

また第一詩集には詩集名になった「夜《よる》の森」という詩が収録されている。東京電力福島第二原発がある富岡町には常磐線の「夜《よ》ノ森駅」があり、桜やツツジで有名な「夜の森公園」もある。また若松さんの暮らす南相馬市にも同名の「夜の森公園」があるという。この「夜の森」は連作で詩選集では三篇が収録された。「夜の森」の連作では実際に一九五七年九月にネバダで行われたアメリカの原爆実験に巻き込まれている若い兵士たちが、恐怖の光景を目撃した後に「暗いなあ　ずいぶん」とか「暗いねえ　きみの瞳のように」と呟かせるのだ。そして「夜の森　二」で次のように原爆を製造した者たちへ警告するのだ。

われらはわれらの神を拝伏しよう
黒い地の水に火を放とう
饗宴と舞踊だ
火の酒を飲もう
暗い夜の森に噛みつくように唱おう
われらの心に祈るように笛吹こう
愛するときのように腰をゆすろう
あらゆる楽器を響かせよう
夜の森がわれらの生命で充満する
夜明けが近づいた
戦い好きな異邦人よ
望みどおり神になることのできた異邦人よ
おまえにわれら最後の贈物をしよう
われらが心こめて彫りあげたマスク
永遠の生命を得るおまえ
われらの神
太陽さえもおまえの前では無力となるだろう
無力となる?
ああ　おまえはおまえの顔につけられたマスクを見る
ことはできない
木の間に漂いはじめた太陽の光で
おまえの威めしいマスクが変相しはじめることを
われらの最後の贈物こそ
生と死のダブルマスク
死が生の裏側から染み出てくる

（「夜の森　二」の中間部分）

私はこの詩を読んで「おまえ」は、アメリカ人でありながらも、核兵器を持たなければ国内の権力や国家間で優位に立てないとする人間たちや、核兵器を黙認してしまう人びとすべてを指し示しているように思われた。また「われら」は最後に「おまえ」の首を刎ねてしまい、「おまえ」に取って代わろうとする存在であり、世界を核兵器で支配しようとする構造自体の不条理を若松さんは書き記そうとしていたことは、驚くべきことだった。

若松さんはこの幻想的な響きがする「夜《よ》ノ森」という言葉を「夜《よる》の森」に変えて象徴的に使用して一九六〇年

頃の冷戦時代の世界の構造を批判的に書き残していたのだ。また核実験によって人間だけでなく、地球全体が放射能で汚染されることの恐怖を「夜の森」という言葉で暗示しようとしていたのかも知れない。

その他にも詩「崩壊」、「貝の対話」、「馬」、「内灘砂丘」、「記憶」など若松さんが戦後の人びとの切実な問題を誠実に受け止め考えている姿勢が、半世紀以上経っても古びない詩として読み継がれるだろうと感じられた。若松さんは若い頃から、一見時事的なテーマであったとしても「エテルニテ」（永遠）の問題として書き記すことが可能だったのだろう。

2

若松さんの第二詩集『海のほうへ　海のほうから』は、第一詩集から二十六年後の一九八七年に刊行された。この二十六年間を掛けて書かれた詩篇によって、若松さんしか書けない未来を予見させてしまう叙事詩を書き上げてしまう、現在の若松丈太郎を育てていったのだと思われる。その間の一九七一年には東京電力福島第一原発が稼働し、若松さんはその年の十一月に『福島原発難民』に再録された「大熊――風土記71」（「河北新報」）を書き記した。大熊町はかつて木炭や卒塔婆の生産高が日本一だったが、それらの産業を支えた山林が少なくなり過疎地帯になってしまった。そんな大熊町と双葉町の間にあった長者原という三百二十ヘクタールの台地を東京電力は坪二百五十円ほどで買収してしまった。その結果、町の人びとがどのように東電マネーに依存するような体質に変貌していったかを若松さんは評論だけでなく、この第二詩集の十一篇の連作「海辺からのたより」で冷静に、しかも風刺とユーモアを交えて記し始めていたのだった。

連作「海辺からのたより　一」は鳥たちが人間たちに小石を落として悪戯をし、海辺に立つ大工場を狙い始めた不吉な話から始まる。「二」は福島の方言で書かれた詩だ。産業がなく高齢化し寂れた町民を働かすために工場を誘致させるプロジェクトが開始する。首からアラームメータを下げて掃除をするだけで町は豊かになるという触れ込みだった。「三」は市政の政策決定が余りにも深い「霧の中」であることを風刺している。「四」は、町の買収について知ってゴルフ場で行方不明になった三人が、権力者によって簀巻きにされて日本海溝に沈められてしまう恐怖を「ひょうたん島」のユーモアを感じさせるタッチで描いている。「五」は「ひょうたん島」が買収されて次々にみんなの土地も「ひょうたん島」に変貌して自分たちの町はどこかに向かって流れ出してしまうのだ。「六」は、能登半島へフルムーンとルーツ探しに行った夫婦が見たものは、「松林がとつぜん断ち截られた工場群」で、「空から灰が降る町」だった。「七」は、海辺の松林を消滅させてしまった市が、跡地を新名所にするどたばたの行政を記している。「八」は、「RED TIDE」（赤潮）が仙台湾から塩屋埼にかけて出現して海が死にかかっているらしい。そんな情況にもかかわらず海水温度を上げることを考えている人間たちがいることを告げている。「九」は、東北新幹線は「電気食いおばけ」で膨大な電気が使われているが、その電力は浜通りで作られている。そこで常磐線は電気機関車をやめてSLにすべきだとする運動が起き始めているらしい。「十」は、珍鳥が群れを成して現れて人語を語り始め、ついには「ウランガイー」と鳴き始めたという。「十一」は、「ひとりの男の老化した脳細胞のひとつがカサリと崩れた」ことによって、町中の人びとがすべて様々な形で崩れ始めていく。若松さんは最終連で次のように記す。「さて　きみの町はいかが？／今夜あたり予兆があるかも知れませんよ／お大事に」。このように日本の海辺の町が崩れていく在りようを見つめながら、寓話を語るようにこの連作を書いた若松さんは、間違いなく原発が引き起こす想像を絶するような町や市を破壊する得体の知れない力を誰よりも敏感に感じて、そのことを批判的に詩作していたに違いない。

　その他には、七篇の連作「北狄《ほくてき》」は、蝦夷の族長アテルイとモレ、秋田県大館出身で共産主義や農本主義の先駆者といわれ『自然真営道』を著した安藤昌益、仙台藩の儒学者で教育刑の根本原理を論じた「無刑録」の芦東山、奥州市出身で『戊戌夢物語《ぼじゅつゆめものがたり》』を著し蛮社の獄で弾圧を受けた高野長英、南部藩出身で三閉伊《さんへい》一揆の指導者であった三浦命助、宮城県出身で五日市憲法草案を起草した千葉卓三郎などの東北出身の類まれな人びとを詩で紹介している。彼らに共通していることは、時代が進むべきことを思索していた独創的な思想家たちで、それゆえに当時は理解されなかった革命的な先駆者たちであることだ。若松さんの関心やテーマは、このような先駆者に注がれていたことが分かる。また東北の山河や大地を書き記した詩「九艘泊《くそうどまり》」、「野の馬を追う」、「天明山《てんみょうざん》」、「恐山」、「われらの森は北に」などは、地霊に憑かれるように言葉が湧き上がって来る詩篇なのだ。

一九九六年に第三詩集『若松丈太郎詩集』（詩文庫）は第一詩集と第二詩集の詩選集に未収録詩篇を加えたものだ。その「望郷小詩―宮沢賢治による variations」の詩「水沢」、「人首町」、「北上川」、「風のかたまりの夜」では、若松さんが生まれた母の実家のある人首町や賢治の縁の水沢や北上川などから育まれた感受性のありかを物語っている。若松さんの感受性の原点は、賢治を生み出した北上川流域そのものの地霊が身体の中に宿っているに違いない。それから昭和初期の盛岡に若松千代作という繊細で内面的な夭逝した詩人がいた。千代作は佐伯郁郎らの詩誌「文芸表現」や「風」に詩を発表していた。賢治の親友だった森荘已池たちが遺稿詩集を編んだという。震災後に若松さんの南相馬市へ打合せで行った際に若松さんから直接、若松千代作が叔父であることを知らされた。若松さんは叔父の遺品の蔵書類を若い頃から読んでいたことも話してくれた。そんな千代作や賢治の詩的精神を内在化させた詩「北上川」を引用してみたい。

北上川

北上川は熒気《けいき》をながしィ／山はまひるの思睡を翳す
（「北上川は熒気をながしィ」―『春と修羅』第二集）

千年むかしの光をうかべ北上川は流れる
この橋をわたり八キロ離れた高等学校へ通学したこと
がある
桜木橋に自転車をとめ川風をうける
岸の木だちが川風にそよぐ
風のように過ぎるものがある
あいつか

橋上に立つとここは全宇宙の中心のように思えるのだ
遠く小さく岩手山も早池峰山も見える
東に種山・姥石高原
西に焼石岳・駒ケ岳
やや上流の段丘上が胆沢城趾
やや下流が跡呂井《あとろい》
蝦夷の酋長アテルイの根拠地と伝えられる
はるばるの贄となったアテルイ
討たれた首は都の辻で夕焼け空を睥睨した
風のように過ぎるものがある
あいつか
あいつとは誰だ
橋上に立つといまは全時間の中心のように思えるのだ
千年むかしの光をうかべ北上川は流れる

北上川に架かる桜木橋の上に立ち、若松さんは「橋上に立つとここは全宇宙の中心のように思えるのだ」と語っている。この詩行こそ賢治の精神を若松さんが気負いなく自らのものとしていることが理解できる。

3

二〇〇〇年に刊行された第四詩集『いくつもの川があって』は、「連詩　かなしみの土地」が収録されている詩集だ。連詩「かなしみの土地」の中の「6　神隠しされた街」が、原発事故の後に様々なところで引用されて世に広がっていった。ただこの「プロローグ　ヨハネ黙示録」と九篇の詩、「エピローグ　かなしみのかたち」の合計十一篇は、神なき二十世紀の黙示録のような構造をもった長編詩であり、全体の中から「神隠しされた街」の意味を考えることも必要だろう。
「連詩　かなしみの土地」は「わたしたちは世代を超えて苦しむことになるでしょう」というウクライナの医療研究所所長の言葉から始まる。一九九四年五月に若松さんは、チェルノブイリ福島県民調査団に参加した。その五日間の旅の経験がこの連詩に結晶されている。若松さんはプロローグでヨハネ黙示録第八章10、11を引用する。「たいまつのように燃えた大きな星が空から落ちてきた」という言葉から始まり、その星の名が「ニガヨモギ」といい、その星が水源に落ちて、「水が苦くなったため多くの人びとが死んだ」という言葉で終わる。チェルノブイリの意味が「ニガヨモギ」（ウクライナでは「黒い草」という意味）であり、ヨハネの言葉は、チェルノブイリの人びとの悲劇を予言したことを知り、その驚きを伝えている。「1　百年まえの蝶」では、チェルノブイリに向かうエアバスのなかで自死した青年が蝶になって舞っているような幻想に取りつかれる。「2　五月のキエフに」では、ウクライナの首都のキエフの印象を記している。「3　風景を断ちきるもの」では、ウクライナのチェルノブイリはベラルーシとの国境に近いが、その国境地帯を越えるまでの困難さに比べて、楽々と越えていく放射性物質を幻視している。「4　蘇生する悪霊」では、目の前にチェルノブイリ原子力発電所四号炉である《石棺》が現れた衝撃を書き記している。「5《死》に身を曝す」では、若松さんが行った一九九四年当時は一～三号炉が稼働していて、そこで働く多くの人びとやその付近で昼休み遊ぶ姿などを見たり、三〇㎞圏内に戻り死を覚悟しながらも暮らす人びとのことも伝えている。このような流れの中で「6　神隠しされた街」は、チェルノブイリから最も近い都市プリピャチの四万五千人の運命について記されることになる。人びとはラジオで避難警報が告げられて「三日分の食料を準備してください」と言われてバスに乗って二時間の間に避難した。近隣の三村を合わせると四万九千人となり、若松さんの暮らす原町市（現在の南相馬市の原町区）の人口と同じだった。さらに三〇㎞圏内の人口を合わせると約十五万人の人びとが避難して行ったと聞いて、若松さんは、東京電力福島第一原発から三〇㎞圏内の人口も約十五万人であることを想起する。そしていつの日か自分を含めた三〇㎞圏内の人びとがプリピャチの人びとと同じ運命を迎えることを透視してしまったのだろう。その予見は街が消えていくかなしみであり、チェルノブイリという「神隠しされた街」の悲劇の悲しみを知ってしまったからだろう。「7　囚われ人たち」では、ウクライナとベラルーシの被曝した子どもたちを放射能に「囚われた人たち」にしてしまった大人たちの責任を問い続けている。「8　苦い水の流れ」では、ウクライナを貫く大河のドニエプル川の支流プリピャチ川近くにあるチェルノブイリで原発事故が起こり、どんなに「苦い水」が大地と生きものたちを汚し続けているかを記している。「9　白夜にねむる水惑星」は、モスクワ経由で帰国する白夜を見て「よどんだ夜の地表を／川は流れつづけているだろう」とチェルノブイリを生きている人びととの不安を若松さんは思いやるのだ。最後の「エピローグ　かなしみのかたち」を引用してみたい。

エピローグ　かなしみのかたち
東京国立博物館で国宝法隆寺展をみる

日光菩薩像をまえ
に　ウクライナの子どもたちを思った
いまさらのように気づいた
ひとのかなしみは千年まえ
も　いまも変わりないのだ
そして過去にあった
ものは　将来にも予定されてあるのだ
あふれるなみだ
あふれるドニエプルの川づら
あふれる苦い水

この最後の詩を読めば、若松さんが福島県の浜通りで国語教師をし多くの子どもたちを育ててきたことを想起し、ウクライナなどの子どもたちの未来を奪った原発事故への怒りと悲しみが伝わってくる。若松さんが「連作　かなしみの土地」で最も伝えたかったのは、このことだったのであり、それゆえに福島を始めとする世界中の原発を廃炉にすべきだと地球的なスケールで言い続けてきたのだろう。

二〇〇一年に刊行した第五詩集『年賀状詩集』では、老子の言葉を引用し、その言葉に耳を澄まし宇宙や大地の声を聞き取ろうとしている。

二〇〇四年に刊行した第六詩集『越境する霧』では、戦前の祖父母や父母との暮らしや軍国主義教育の中に存在したことが、現在にもつながり影響を与えていることを発見させてくれる。『原爆詩一八一人集』にも収録された詩「死んでしまったおれに」も収録されている。また詩「万人坑遺址所懐」では中国大陸での日本軍の大量殺戮や、「連詩　霧の向こうがわとこちらがわ」では、ナチスの強制収容所の大量殺戮を引き起こした精神性に迫っている。

第七詩集『峠のむこうと峠のこちら』では、賢治が好んだ北上流域の地名をタイトルにした詩篇群で、故郷の町の記憶や親族・祖先の足跡を再発見している。詩人の叔父の『若松千代作遺稿集』と歌人の叔父の『若松林平歌集』についても触れている。きっと戦前の貧しく困難な暮らしの中でも詩歌を志した叔父たちの存在やその蔵書は若松さんを勇気付けていたに違いない。

二〇一〇年に刊行した第八詩集『北緯37度25分の風とカナリア』は、あとがきで詩集の意図を次のように明らかにしている。「十年ほどまえのあるとき、東電福島第一と同柏崎刈羽が同じ緯度上に位置していることに気づいた。しかも、中部・関西・北陸電力の三社が計画していた石川県の珠洲原発もほぼ同緯度の地を建設候補地としていたのである。」

そのことは発見した若松さんがこの緯度上を調べると、刈羽村・西山町・長岡市などの原油、南長岡・片貝の天然ガス、只見川電源開発の只見・金山・三島・柳津各町の水力発電、柳津町の地熱発電所などが存在していて、「古くから北緯37度25分ゾーンは日本のエネルギー供給地帯としての役割をになってきた」ことが明らかになって来た。そして若松さんは石川県・新潟県・福島県の二十五もの市町村を直接訪ねて、そこで生き続けている人びとの姿を詩に書きあげたのだ。

例えばその緯度上には奥能登の霜月祭、芭蕉が幻像に悩んだ北国街道の高浜の砂丘、柏崎刈羽原発付近、福島県南会津郡只見町の巨石、会津美里町にある法用寺の木造金剛力士立像、左下《さくだ》り観音像など民衆が大切に信仰してきたものに焦点を当ててその存在の意味を解き明かそうと試みる。詩「みなみ風吹く日」は、浪江町で東北電力に土地を渡さない地主であった舛倉隆さんを偲び、東京電力福島原発の危険性をさらに明確に指摘していた詩篇だ。このようなエネルギー源として搾取されてきた地域が同じ緯度上であったという事実を突き付けながら、詩で今もその不条理が進行中であることを明らかにする試みは、今まで誰も試みていなかっただろう。

　私が敬愛する詩人であった浜田知章さんは、詩論集『リアリズム詩論のための覚書』で「詩人の予知能力を高く評価する」と言い、「予知能力とは感性の豊かさはいわずもがな、高邁な批判精神をもっている人だ」と語っている。若松さんの尊敬する福島の詩人であった三谷晃一さんも若松さん自身も、浜田知章さんに敬意を抱いていることを聞いていた。浜田さんが生きていてこの詩選集を通読したら、きっと浜田さんの詩論を実現している詩人として若松さんの詩を誰よりも評価したことは間違いない。

　最後に未収録詩篇の中から詩「子どもたちのまなざし」を引用したい。二十世紀の東日本を代表する詩人は宮沢賢治に違いない。二十一世紀の東日本を代表する詩人は、現時点で若松丈太郎さんだろうと、私は心密かに考えている。北上川の桜木橋や南相馬市の夜《よ》の森から北狄《ほくてき》の精神を問い続ける若松さんの詩選集を多くの人びとに読んで欲しいと願っている。

　子どもたちのまなざし

一般人の平常時年間被曝限度量は一ミリシーベルトと
　されている
一時間あたりに換算すると〇・一一四マイクロシーベ
　ルト
二〇一一年九月三十日の環境放射線量測定結果によれ
　ば
毎時〇・一一四マイクロシーベルト以下だったのは
中通り地方では県南の三町
ほかはすべて西会津と南会津の一市六町二村だけ
この日　国は原発から二十〜三十キロ圏の緊急時避難
　準備区域の指定を解いた

チェルノブイリ事故後八年
キエフ小児科・産婦人科研究所病院
甲状腺癌治療のために入院している子どもたち
彼女たちのまなざしを忘れることができない

すがりつくような
訴えるような
病気からの救出を期待しての

フクシマ事故後八年
すがりつくような
訴えるような
病気からの救出を期待しての
あのまなざしを向けるのだろうか
二〇一九年フクシマの子どもたちも
わたしたちに対して

後書

詩人でコールサック社代表である鈴木比佐雄さんのつよいすすめで、本書がうまれることとなった。

ほとんどが鈴木さんが選んでくださった作品で構成されている。連詩「かなしみの土地」は、初出のかたちに戻した。『峠のむこうと峠のこちら』は少部数の自家版詩集なので、全作品を収載した。収載作品については、今後の定本として扱うつもりでいる。

＊

ひとの生存の場である「森」「海」「川」「峠」を詩集名にもちい、そこからのルポルタージュとして詩を書いてきた。これらの生存の場に境界をつくって線を引いたのもひとのしわざである。

＊

故三谷晃一さんによる一文に加えて、新たに石川逸子さんと鈴木比佐雄さんとに「解説」を執筆していただいた。また、編集部の千葉勇吾さんと亜久津歩さんにはていねいな校正と造本をしていただいた。みなさんにこころからの御礼をもうしあげる。

若松丈太郎

若松丈太郎（わかまつ　じょうたろう）略歴

一九三五年　岩手県奥州市生まれ。

詩集『夜の森』（一九六一年・自家版、福島県文学賞受賞）

詩集『海のほうへ　海のほうから』（一九八七年・花神社、福田正夫賞受賞）

都道府県別現代日本詩人全集『福島の詩人』編集・解説（一九八九年・教育企画出版）

日本現代詩文庫Ⅱ―③『若松丈太郎詩集』（一九九六年・土曜美術社出版販売）

詩集『いくつもの川があって』（二〇〇〇年・花神社、福島民報出版文化賞受賞）

詩集『年賀状詩集』（二〇〇一年・自家版）

『イメージのなかの都市　非詩集成1』（二〇〇二年・ASYL社）

詩集『越境する霧』（二〇〇四年・弦書房）

詩集『峠のむこうと峠のこちら』（二〇〇七年・自家版）

詩集『北緯37度25分の風とカナリア』（二〇一〇年・弦書房）

『福島原発難民』（二〇一一年・コールサック社）

アーサー・ビナード（英訳）、齋藤さだむ（写真）共著詩集『ひとのあかし』（二〇一二年・清流出版）

『福島核災棄民』（二〇一二年・コールサック社）

所属

日本ペンクラブ、日本現代詩人会、福島県現代詩人会、新現代詩の会、戦争と平和を考える詩の会、北斗の会

現住所

〒九七五―〇〇〇三

福島県南相馬市原町区栄町一―一〇九―一

石炭袋

コールサック詩文庫 14『若松丈太郎詩選集一三〇篇』

2014 年 3 月 11 日　初版発行
著　者　若松丈太郎
編集・発行者　鈴木比佐雄
発行所　株式会社 コールサック社
〒 173-0004 東京都板橋区板橋 2-63-4-509
企画・編集室 209
電話 03-5944-3258　FAX 03-5944-3238
suzuki@coal-sack.com　http://www.coal-sack.com
郵便振替　00180-4-741802
印刷管理　(株) コールサック社　製作部

＊装幀デザイン　亜久津歩

落丁本・乱丁本はお取り替えいたします。
ISBN978-4-86435-144-7　C1092　￥1500E